CENAS DA VIDA NA ALDEIA

AMÓS OZ

Cenas da vida na aldeia

Tradução do hebraico e notas
Paulo Geiger

2ª *reimpressão*

Copyright © 2009 by Amós Oz

Grafia atualizada segundo o Acordo Ortográfico da Língua Portuguesa de 1990, que entrou em vigor no Brasil em 2009.

Título original
Tmunot mechaiei hakfar
Scenes from village life

Capa
warrakloureiro

Foto de capa
Fernando Scianna/ Magnum Photos/ LatinStock

Preparação
Valéria Franco Jacintho

Revisão
Andressa Bezerra da Silva
Marise Leal

Dados Internacionais de Catalogação na Publicação (CIP)
(Câmara Brasileira do Livro, SP, Brasil)

Oz, Amós
    Cenas da vida na aldeia / Amós Oz ; tradução do hebraico e notas Paulo Geiger. — São Paulo : Companhia das Letras, 2009.

    Título original : Tmunot mechaiei hakfar
    ISBN 978-85-359-1541-9

    1. Romance israelense (hebraico) — I. Geiger, Paulo. II. Título.

09-08899   CDD-892.43

Índice para catálogo sistemático:
1. Romance : Literatura israelense em hebraico 892.43

[2017]
Todos os direitos desta edição reservados à
EDITORA SCHWARCZ S.A.
Rua Bandeira Paulista, 702, cj. 32
04532-002 — São Paulo — SP
Telefone: (11) 3707-3500
www.companhiadasletras.com.br
www.blogdacompanhia.com.br
facebook.com/companhiadasletras
instagram.com/companhiadasletras
twitter.com/cialetras

Sumário

Os que herdam, 7
Os que são próximos, 23
Os que cavam, 43
Os que se perdem, 88
Os que esperam, 113
Os que são estranhos, 133
Os que cantam, 156
Longe dali, em outro tempo, 176

Os que herdam

1.

O estranho não lhe era estranho. Alguma coisa em sua aparência repeliu e ao mesmo tempo atraiu Arie Tselnik desde o primeiro olhar, se é que aquele era o primeiro olhar: Arie Tselnik tinha quase a impressão de que se lembrava daquele rosto e dos compridos braços que chegavam aos joelhos, uma lembrança obscura, como se fosse de uma vida anterior.

O homem estacionou seu carro bem em frente ao portão do pátio, um automóvel empoeirado, de cor bege. E no vidro traseiro, assim como nos vidros laterais, havia um mosaico de adesivos coloridos, toda sorte de exclamações, declarações, alertas e lemas. Ele trancou a porta do carro, mas deteve-se para examinar diligentemente uma porta após outra, verificando se estavam todas bem trancadas. Depois deu uma leve palmada no capô, e logo outra, como se o carro fosse um velho e fiel cavalo que ele prendia à estaca da cerca, sinalizando-lhe com carinhosos tapinhas que a espera não seria longa. Depois disso abriu o portão e dirigiu-se à varanda da frente, sombreada por um caramanchão de videiras. Seu andar parecia saltitante e um pouco dolorido, como se pisasse descalço em areia quente.

De seu lugar, na cadeira de balanço suspensa no canto da varanda, vendo sem ser visto, Arie Tselnik observava o visitante desde que ele estacionara o carro. Mas, por mais que se esforçasse, não conseguia lembrar quem era esse estranho-não-tão-estranho. Onde o encontrara, quando o encontrara? Em uma de suas viagens ao exterior? Nos exercícios militares de reservistas? No escritório? Na universidade? Ou talvez ainda nos tempos de escola? A fisionomia do estranho tinha uma expressão matreira e radiante, como se tivesse conseguido dar um grande golpe e agora se alegrasse com a desgraça alheia. Por trás daquele rosto estranho, ou por baixo dele, delineava-se o esboço impreciso de um rosto conhecido, incomodativo, um rosto inquietante: o rosto de quem já lhe fizera mal alguma vez? Ou, pelo contrário, de alguém a quem você já tivesse feito um mal agora esquecido?

Como um sonho do qual nove décimos tivessem submergido e só um pequeno pedaço ainda fosse visível.

Arie Tselnik decidiu então não se levantar do lugar para ir ao seu encontro, mas recebê-lo ali, na cadeira suspensa, na varanda à entrada da casa.

O estranho avançou em seu andar saltitante pelo caminho sinuoso que levava do portão aos degraus da varanda, seus olhos pequenos a se moverem sem parar da direita para a esquerda, como que preocupado em não se revelar prematuramente ou, ao contrário, como se temesse que um cão feroz pudesse a qualquer momento se lançar sobre ele dos arbustos da buganvília espinhosa que cresciam nos dois lados do caminho.

O cabelo amarelado já se tornando ralo, o pescoço vermelho cuja pele enrugada e pelancuda lembrava o papo de um peru, os olhos aguados e baços que se agitavam como dedos tateantes, os compridos braços de chimpanzé — tudo nele despertava uma turva sensação depressiva.

De seu oculto ponto de observação na cadeira suspensa, à sombra dos galhos da videira trepadeira, Arie Tselnik percebeu que o homem era corpulento, mas que fraquejava um pouco, como que só recentemente restabelecido de doença grave, ou como se até pouco tempo atrás fosse gordo e só ultimamente tivesse se encolhido para dentro, se contraído dentro da própria pele. Até o paletó de verão que vestia, com seus bolsos estufados e sua cor bege escura, parecia largo demais, descuidadamente pendurado em seus ombros.

Embora fosse fim de verão e o caminho estivesse seco, o estranho se deteve para esfregar bem as solas dos sapatos no capacho ao pé dos degraus. Quando acabou, levantou um pé após outro e verificou se elas estavam limpas. Satisfeito, subiu os degraus e examinou a porta de tela no alto, e, só depois de bater educadamente algumas vezes sem obter resposta, desviou finalmente o olhar e descobriu o dono da casa em seu repouso, numa cadeira de balanço suspensa cercada de grandes vasos de samambaias, sob o arco da parreira que o cobria — e a toda a varanda — de sombra.

O estranho abriu imediatamente um largo sorriso e quase fez também uma reverência, pigarreou e limpou a garganta antes de começar com uma declaração: "É lindo este lugar de vocês, senhor Tselkin! Espantoso! É a verdadeira Provence do Estado de Israel. Qual Provence! Toscana! E essa sua paisagem! O bosque! Os vinhedos! Tel Ilan é simplesmente a aldeia mais encantadora de todo este Estado tão levantino. Muito bonito! Bom dia, senhor Tselkin. Desculpe, espero não estar incomodando, o senhor tem um minuto?".

Arie Tselnik respondeu com um bom-dia seco, e o corrigiu dizendo que seu nome era Tselnik, e não Tselkin. E frisou que sentia muito, mas que aqui não costumamos comprar seja o que for de vendedores.

"Tem toda razão! Está absolutamente certo!", bradou o homem enquanto enxugava com a manga o suor da testa, "como podemos saber se estamos diante de um vendedor ou de um vigarista? Ou, Deus nos livre, até mesmo de um criminoso que veio reconhecer o terreno para um bando de assaltantes de residências? Mas eu, senhor Tselnik, na verdade não sou um vendedor. Sou Maftsir!"

"O quê?"

"Maftsir. Wolf Maftsir, advogado Maftsir, do escritório de advocacia Lotem-Prodjinin. Muito prazer, senhor Tselnik. Vim aqui, meu senhor, tratar de um assunto, como direi... ou talvez seja melhor não tentar definir o assunto e ir direto a ele. Com licença, posso sentar? Será um esclarecimento mais ou menos pessoal, não me refiro a mim, absolutamente, para meus assuntos pessoais eu de maneira alguma ousaria invadir assim e incomodar sem avisar antes, e de fato tentamos, realmente tentamos, algumas vezes, mas seu telefone é bloqueado e o senhor não se deu ao trabalho de responder a nossas cartas. Por isso decidimos tentar a sorte fazendo uma visita sem avisar, e pedimos muitas desculpas pelo incômodo. Decididamente não é nosso hábito invadir a privacidade do próximo, ainda mais quando esse próximo mora no lugar mais bonito de todo o país. Seja como for, como eu já disse, não se trata só de uma questão pessoal nossa. Não, não, de forma alguma, não. Na verdade, é exatamente o contrário: trata-se de... como formular isso com cuidado?... digamos assim, trata-se de um assunto pessoal seu, meu senhor. Assunto pessoal seu, e não somente nosso. Ou melhor, que diz respeito a sua família. Ou talvez à família de um modo geral, e de modo especial a um parente seu, senhor Tselkin, a determinado parente. O senhor não se opõe a que sentemos e conver-

semos alguns minutos? Prometo me empenhar ao máximo para que toda a questão não tome mais do que dez minutos. Apesar de que, de fato, isso depende só do senhor, senhor Tselkin."
Arie Tselnik disse:
"Tselnik."
E depois disse:
"Sente."
E logo acrescentou:
"Não aqui. Aqui."
Porque o homem gordo, ou ex-gordo, aterrissara primeiro na cadeira de balanço, que era para dois, bem ao lado do anfitrião, coxa com coxa, uma nuvem de cheiros espessos a cercar seu corpo como uma comitiva, cheiros de digestão, meias, talco e axilas. Sobre todos esses cheiros recendia numa fina rede o penetrante aroma de loção de barba. Arie Tselnik lembrou-se de repente de seu pai, que também sempre encobria seus cheiros de corpo com o forte perfume da loção de barba.

No momento em que lhe disseram "não aqui e aqui", o visitante se levantou e oscilou um pouco, seus braços simiescos apoiando-se nos joelhos, e desculpou-se e mudou de lugar e arriou seu traseiro — em calças largas demais para ele — no lugar que lhe haviam indicado, sobre o banco de madeira do outro lado da mesa do jardim. Era uma mesa rústica, feita de tábuas de madeira só meio aplainadas, parecidas com os dormentes de uma ferrovia. Para Arie era importante que sua mãe doente, ao olhar pela janela, em hipótese alguma visse esse visitante, mesmo pelas costas, mesmo apenas seu vulto sobre o fundo do caramanchão de videiras. Por isso ele o fez sentar num lugar não visível da janela. E a surdez dela a defenderia daquela voz cheia, voz de cantor de sinagoga.

2.

Há três anos Naama, mulher de Arie Tselnik, viajara para visitar sua grande amiga Thelma Grant em San Diego, e não voltara. Ela não lhe escreveu dizendo explicitamente que decidira abandoná-lo, mas fez uma insinuação delicada: Por enquanto, não volto. Depois de mais meio ano escreveu, Ainda fico com Thelma. E ainda depois, Não é necessário que você continue a esperar por mim. Estou trabalhando com Thelma numa clínica, de rejuvenescimento. E em outra carta: Eu e Thelma estamos bem juntas, temos um carma semelhante. E de novo escreveu: Nosso guia espiritual acha que o certo para nós é não desistirmos uma da outra. Você ficará bem. Você não está zangado, está?

A filha casada, Hila, escreveu-lhe de Boston, Pai, eu lhe proponho, para o seu bem, que não pressione mamãe. Você vai reconstruir sua vida.

E como entre ele e o primogênito, Eldad, toda ligação havia muito se desfizera, e como além dessa família ele não tinha ninguém próximo, resolvera no ano anterior desmontar o apartamento no Carmel e voltara a morar com a mãe na antiga casa em Tel Ilan, viver do aluguel dos dois apartamentos em Haifa e se dedicar a seu *hobby*.

Foi assim que reconstruiu sua vida, como lhe aconselhara a filha.

Em sua juventude Arie Tselnik servira no comando naval. Desde sua primeira infância não temia nenhum perigo, nem o fogo inimigo nem a escalada de penhascos. Mas com os anos desenvolveu-se nele um agudo pavor do escuro numa casa vazia. Por isso decidira finalmente voltar a morar ao lado da mãe, na velha casa onde nascera e crescera, na extremidade da aldeia de Tel Ilan. A mãe, Rosália, era uma velha com cerca de noventa anos, surda, muito encurvada e de pouca conversa. A maior parte do tempo ela o deixava cuidar dos assuntos caseiros sem perturbá-lo e quase sem dirigir-lhe observações ou perguntas. Às vezes passava pelo pensamento de Arie Tselnik a possibilidade de que sua mãe adoecesse ou envelhecesse a ponto de não poder mais viver sem cuidados em tempo integral, e ele seria então obrigado a dar-lhe de comer, limpá-la e trocar-lhe as fraldas. Ou contratar uma acompanhante, o que acabaria com o sossego da casa, e faria sua vida ser devassada por estranhos. E até chegava a desejar, ou quase, o iminente fenecer de sua mãe: ele teria a justificativa lógica e emocional de transferi-la para uma instituição adequada, e toda a casa ficaria a sua disposição. Se quisesse, poderia viver com uma nova e bonita mulher. Ou não viver com uma mulher, e sim hospedar uma série de garotas jovens. Poderia até derrubar paredes internas e renovar o aspecto da casa. Uma nova vida teria início.

Mas por enquanto viviam os dois, o filho e a mãe, na casa escura, antiquada, em sossego e em silêncio. Toda manhã chegava uma criada, trazendo com ela artigos de primeira necessidade, que comprava de acordo com uma lista; arrumava, limpava e cozinhava, e depois de servir o almoço para o filho e a mãe ia embora silenciosamente. A maior parte do dia a mãe fica em seu quarto lendo livros antigos, e Arie Tselnik, no quarto dele, ouve rádio ou constrói aeromodelos de balsa.

3.

O estranho sorriu de repente um sorriso insidioso, ladino, um sorriso que parecia uma piscadela: como se propusesse a seu anfitrião, Vem, vamos pecar um pouco juntos? E também, ao mesmo tempo, como a temer que essa proposta lhe valesse um castigo. E perguntou, amistosamente:

"Perdão, com sua licença, posso me servir disso um pouco, por favor?"

E, como lhe pareceu que o anfitrião concordara com um aceno de cabeça, de um jarro de vidro que estava sobre a mesa verteu água gelada com uma fatia de limão e algumas folhas de menta no único copo que lá havia — o copo de Arie Tselnik —, colou seus lábios carnudos no copo e o esvaziou todo em cinco ou seis grandes e sonoros goles, e se serviu de mais meio copo que de novo engoliu com uma sede ruidosa e logo se justificou:

"Desculpe! Aqui nesta sua linda varanda não dá para sentir como o dia está quente. Hoje está muito quente. Muito! E, no entanto, apesar do calor intenso — assim mesmo este lugar é encantador! Tel Ilan é sem dúvida a aldeia mais bonita do país! Provence! Não Provence! Toscana! Florestas! Vinhedos! Casas campestres de cem anos atrás, telhados vermelhos e ciprestes tão altos! E agora, o que o senhor acha? Prefere que conversemos mais um pouco sobre essa beleza? Ou me permite entrar sem mais rodeios em nossa pequena pauta?"

Arie Tselnik disse:

"Estou escutando."

"A família Tselnik, os descendentes de Lion Akbia Tselnik. Se não me engano vocês estavam entre os primeiros moradores da aldeia, não é? Entre os fundadores mais antigos? Não? Há noventa anos? Ou até mesmo quase cem?"

"O nome dele era Akiba Arie, não Lion Akbia."

"Claro", entusiasmou-se o visitante, "a família Tselkin. Respeitamos muito a ilustre história de vocês. Não só respeitamos. Reverenciamos! No início, se não me engano, chegaram os dois irmãos mais velhos, Bóris e Semion Tselkin, que vieram de uma pequena aldeia no distrito de Kharkov para erguer uma comunidade totalmente nova aqui, no coração da paisagem selvagem, nas escalvadas montanhas de Menashé. Aqui não havia nada, apenas uma árida estepe de espinheiros. Nem mesmo camponeses árabes havia neste vale, só do outro lado das colinas. Depois veio também o sobrinho mais jovem de Bóris e de Semion, Lion ou, se você insiste, Akbia-Arie. E depois, pelo menos de acordo com a versão corrente, Semion e Bóris levantaram acampamento e voltaram, um após outro, para a Rússia, e lá Bóris matou Semion com um machado, e só o seu avô, senhor Tselkin — avô? ou o pai do avô? —, só Lion Akbia teimou em ficar aqui. Não é Akbia? Akiba? Perdão, Akiba. Resumindo, é o seguinte: acontece por acaso que nós, os Maftsir, nós também somos da região de Kharkov! Exatamente das florestas de Kharkov! Maftsir! O senhor não ouviu falar? Tínhamos um *chazan** muito conhecido, Shaia Leib Maftsir, e havia um Gregori Moiseievitch Maftsir, grande general do Exército Vermelho. Um general muito muito importante, mas Stálin o matou. Nos expurgos da década de 30."

O homem levantou-se e encenou com seus dois braços simiescos a postura de um fuzileiro num pelotão de fuzilamento, imitou o matraquear de uma rajada de balas, expondo com isso incisivos afiados mas não totalmente brancos. E voltou a sentar-se no banco sorrindo, como que satisfeito com o sucesso da execução. Arie Tselnik teve a impressão de que o homem talvez esperasse uma salva de palmas, ou pelo menos um sorriso, em retribuição ao sorriso adocicado dele.

O anfitrião no entanto preferiu não retribuir sorriso algum. Ele afastou para um lado o copo usado e o jarro de água gelada que estavam sobre a mesa e disse:

"Sim?"

O advogado Maftsir então apertou as próprias mãos, empunhando a esquerda com a direita com força, como se há muito tempo não tivesse se encontrado consigo mesmo e como se esse

---

* Cantor de sinagoga, em hebraico.

encontro inesperado lhe causasse grande satisfação. Por baixo das abundantes e fluentes palavras de sua boca aflorava, sem parar, um interminável manancial de alegria, uma torrente de euforia e de regozijo consigo mesmo:

"Bem, comecemos talvez, como se diz, a pôr as cartas na mesa. A razão pela qual me permiti invadir seu espaço hoje diz respeito a assuntos pessoais entre nós, e, além disso, talvez também diga respeito a sua querida mamãe, que ela viva até cento e vinte anos... Quer dizer, a essa idosa e muito honorável senhora. Mas, é claro, é claro, somente com a condição de que o senhor não tenha especial oposição a que comecemos a tratar desse assunto delicado."

Arie Tselnik disse:

"Sim."

O visitante levantou-se de seu lugar, despiu o paletó bege em tom de areia suja, revelando as grandes manchas de suor que se desenhavam na região das axilas de sua camisa branca, pendurou o paletó no encosto da cadeira, voltou a sentar-se, espalhado, e disse:

"Perdão. Espero que não se importe. É que hoje faz muito calor. Permite que eu também tire a gravata?" Por um momento parecia um menino assustado, um menino consciente de que merece uma admoestação e assim mesmo se envergonha de pedir perdão. Mas logo essa expressão desapareceu de seu rosto.

Quando o anfitrião permaneceu calado, o homem, de um só puxão, tirou sua gravata — um movimento que fez Arie Tselnik se lembrar de seu filho Eldad — e propôs:

"Enquanto sua mamãe for um peso para nós aqui, não poderemos realizar o patrimônio."

"Perdão?"

"Só se encontrarmos para ela uma excelente condição numa instituição muito excelente. E eu tenho uma instituição assim.

Quer dizer, não é minha, mas do irmão do meu sócio. Só precisa ter a anuência dela. Ou talvez seja mais fácil nós obtermos um atestado de que fomos nomeados seus tutores. Então não seria necessário ter o consentimento dela."

Arie Tselnik acenou, anuindo, duas ou três vezes, coçou com as unhas da mão direita as costas da mão esquerda, bem que ultimamente lhe ocorrera meditar uma ou duas vezes sobre o futuro de sua mãe doente, o que seria dela e dele quando ela se tornasse dependente, física e mentalmente, e quando chegaria o momento de tomar uma decisão; havia momentos em que alimentava a possibilidade de se despedir de sua mãe com tristeza e vergonha, mas também havia outros momentos nos quais quase esperava o cada vez mais próximo declínio dela, e as possibilidades que se abririam para ele quando ela saísse da casa. Uma vez quase convidara Iossi Sasson, agente imobiliário, para avaliar a propriedade. Essas sufocadas esperanças despertavam nele sentimentos de culpa e até asco de si mesmo. Mas lhe parecia bizarro que este homem repulsivo pudesse ler algo de seus vergonhosos pensamentos. Pediu, pois, ao senhor Maftsir, que voltasse um instante ao começo — quem exatamente ele representava? Da parte de quem fora enviado para cá?

Wolf Maftsir deu um risinho:

"Maftsir. Chame-me simplesmente Maftsir. Ou Wolf. Pois entre parentes é totalmente desnecessário o tratamento de senhor."

4.

Arie Tselnik levantou-se. Era um homem muito maior, mais largo e mais alto do que Wolf Maftsir, e seus ombros eram grossos e fortes, mas ambos tinham braços compridos que chegavam até os joelhos. Ao se levantar deu dois passos, ficou de pé em toda sua estatura, acima do visitante, e disse:

"Então, o que você quer."

Pronunciou essas palavras sem ponto de interrogação, enquanto abotoava um botão da camisa, cuja abertura deixava ver um peito grisalho e cabeludo.

Wolf Maftsir pipilou numa vozinha pequena, conciliatória:

"Para que nos apressarmos, meu senhor? Nosso assunto deve ser tratado com cuidado e paciência, por todos os ângulos, para que não deixemos nenhuma brecha, nem mesmo uma rachadura; não podemos errar em nenhum detalhe."

O visitante, para Arie Tselnik, tinha um aspecto depauperado ou um pouco enfraquecido. Parecia que sua pele era grande demais para ele. O paletó negligentemente jogado em seus ombros lhe parecera o paletó de um espantalho no jardim. E seus olhos eram aquosos, e também um pouco opacos. Além disso, algo nele denotava medo, como se temesse uma súbita ofensa.

"Nosso assunto?"

"Quer dizer, o problema da velha senhora. Quer dizer, a senhora sua mãe, nossos bens ainda estão registrados em nome dela e estarão registrados em nome dela até o fim de seus dias, e quem é que sabe o que pode lhe dar na cabeça para pôr no testamento, até que consigamos nós dois sermos nomeados tutores dela."

"Nós dois?"

"Pode-se demolir esta casa e erguer em seu lugar uma clínica ou uma academia. Podemos abrir aqui um lugar que não existe igual em todo o país: ar puro, um sossego pastoral, uma paisagem campestre que não fica a dever à da Provence e da Toscana, ervas medicinais, massagens, meditação, orientação espiritual, as pessoas pagarão um bom dinheiro pelo que este nosso lugar poderá lhes proporcionar."

"Perdão, desde quando exatamente nós nos conhecemos?"

"Mas já nos conhecemos e somos amigos. Não só amigos, meu caro: parentes e até mesmo sócios."

Ao se levantar, talvez Arie Tselnik tenha tido a intenção de com isso fazer o visitante se sentir obrigado a se levantar também, ir embora e seguir seu caminho. Mas ele não se levantou e continuou sentado em seu lugar, e até estendeu a mão e serviu-se de mais um copo de água gelada com uma fatia de limão e folhas de menta, no copo que fora de Arie Tselnik até o estranho o confiscar para si. Ele agora recostava-se na cadeira, em sua camisa manchada de suor nas axilas, sem o paletó e a gravata. Wolf Maftsir parecia um comerciante dono de todo o tempo do mundo, um suado comerciante de gado que fora ao campo para tratar com os camponeses, com paciência e astúcia, um negócio com o qual, disso estava convencido, as duas partes lucrariam. Havia nele certa alegria oculta e vingativa, uma espécie de alegria maldosa que era de todo estranha ao anfitrião.

"Eu", mentiu Arie Tselnik, "preciso entrar agora, para resolver um assunto. Desculpe."

"Eu", sorriu Wolf Maftsir, "não tenho pressa. Com sua licença, vou ficar aqui sentado esperando. Ou talvez seja melhor eu entrar também, para conhecer a senhora. Afinal, preciso conquistar depressa a confiança dela."

"A senhora", disse Arie Tselnik, "não recebe visitas."

"Eu", teimou Wolf Maftsir, levantando-se também, pronto para acompanhar seu anfitrião e entrar na casa, "não sou exatamente uma visita. Porque nós, como dizer, somos um pouco parentes, não? E até mesmo sócios?"

Arie Tselnik lembrou-se de repente do conselho de sua filha, Hila, de que desistisse da mãe dela, não se esforçasse em fazê-la voltar e tentasse começar uma nova vida. E a verdade é que ele nem se esforçara muito para fazer Naama voltar: quando ela foi embora e viajou ao encontro de sua grande amiga

Thelma Grant, depois de uma briga feia entre eles, Arie Tselnik empacotou todas as roupas e coisas dela e as enviou para o endereço de Thelma em San Diego. Quando seu filho Eldad cortou relações com ele, empacotou e enviou para Eldad os livros dele e até seus brinquedos da infância. Limpou toda e qualquer lembrança, como se limpam os postos e as trincheiras do inimigo no fim da batalha. Alguns meses depois empacotou também suas próprias coisas, desmontou o apartamento em Haifa e veio morar com a mãe aqui, em Tel Ilan. Mais que tudo, procurava para si mesmo um sossego total: que os dias fossem iguais uns aos outros, e todas as horas livres.

Às vezes saía para longas caminhadas em torno da aldeia e até fora dela, por entre as colinas que circundavam o pequeno vale, nos pomares de frutas, nos sombrios bosques de pinheiros. Ou, outras vezes, ficava vagando meia hora pelo quintal, entre os remanescentes do sítio do pai, abandonado havia muitos anos. Ainda havia ali algumas cabanas aos pedaços, galinheiros, telheiros de lata, um palheiro, um estábulo abandonado para criação de novilhos, a estrebaria agora usada como depósito, onde se amontoavam todos os móveis do apartamento que fora desmontado no Har Hacarmel, o bairro alto de Haifa. Ali, na antiga estrebaria, acumulavam poeira as poltronas e o sofá e os tapetes e o bufê e a mesa de centro de Haifa, todos ligados entre si por finas redes de teias de aranha. Também a antiga cama de casal dele e de Naama fora enfiada ali, de pé sobre um dos lados, no canto da estrebaria, e o colchão estava enterrado sob uma pilha de edredons empoeirados.

Arie Tselnik disse:

"Desculpe, mas estou ocupado."

Wolf Maftsir disse:

"Claro. Perdão. Não vou atrapalhar, meu caro, de forma alguma quero atrapalhar. Ao contrário. A partir deste momento vou ficar calado, não darei um pio sequer."

E com isso levantou-se e marchou nos calcanhares de seu anfitrião para o interior da casa, que estava fresco, na penumbra, com um cheiro de suor e velhice a flutuar nele.

Arie Tselnik insistiu:

"O senhor me espere, por favor, do lado de fora."

Apesar de na verdade pretender dizer, com alguma grosseria, que aquela visita havia terminado e que ele estava convidado a se retirar.

5.

Só que o visitante nem sonhava em se retirar. Ele deslizou para dentro atrás de Arie Tselnik e no caminho, ao longo do corredor, abriu porta por porta, examinou calmamente a cozinha, a biblioteca, o quarto dos *hobbies* de Arie Tselnik, com os leves aeromodelos em balsa pendurados no teto por fios resistentes, a balançarem levemente ao vento como se quisessem travar entre eles cruéis combates aéreos. Com isso fez Arie Tselnik lembrar-se de seu próprio costume, costume de infância, de abrir toda porta fechada para investigar o que se escondia por trás dela.

Quando os dois chegaram à parte mais interior da casa, no fim do corredor, Arie Tselnik postou-se para barrar com o corpo a entrada de seu quarto, que fora uma vez o quarto de seu pai. Mas Wolf Maftsir não tinha a menor intenção de invadir o quarto de seu anfitrião, e bateu delicadamente à porta da velha surda, e ao não receber resposta, pôs sua mão, como numa delicada carícia, na maçaneta da porta, abriu-a suavemente, entrou e viu a mulher, Rosália, deitada e coberta até o queixo com um cobertor de lã, no meio da larga cama de casal, a cabeça envolta numa rede, os olhos fechados, e seus maxilares ossudos, desdentados, a se mover, como se moessem sem parar.

"Do jeito que sonhamos", sorriu Wolf Maftsir, "shalom, cara senhora, tivemos muitas muitas saudades, e muito ansiávamos por vir ter com a senhora, a senhora com certeza está muito contente de nos ver, não?"

E então curvou-se sobre ela e beijou-a duas vezes, dois longos beijos em suas duas faces e ainda lhe colou um beijo na testa, até que a velha abriu seus olhos embaçados e tirou uma mão esquelética, ossuda de sob o cobertor e a deslizou na cabeça de Wolf Maftsir e balbuciou algo e algo mais, e sua outra mão também surgiu do cobertor, e com as duas mãos ela atraiu para si a cabeça dele, e ele lhe correspondeu e se inclinou mais e tirou os sapatos deixando-os ao pé da cama, e se curvou e beijou-lhe a boca desdentada e deitou-se a seu lado na cama e puxou sobre si as beiradas de seu cobertor e se cobriu também e disse, isso, assim, e disse ainda: shalom, minha caríssima senhora.

Arie Tselnik hesitou por alguns momentos, olhou para a janela aberta através da qual se podia ver um dos telheiros abandonados do sítio e também um cipreste empoeirado no qual trepava, com seus dedos ardentes, uma buganvília alaranjada. Ele contornou a cama do casal, cerrou a veneziana e fechou a janela, e também correu os dois panos da cortina, e enquanto fechava e escurecia tudo abriu os botões da camisa e desafivelou o cinto, descalçou também os sapatos, despiu-se e deitou-se na cama ao lado de sua velha mãe, e assim ficaram os três deitados, a senhora dona da casa entre seu filho silencioso e o homem estranho que não parava de acariciá-la e beijá-la, enquanto sua boca murmurava suavemente, Tudo aqui ainda vai ficar bem, minha muito querida senhora, tudo aqui ainda vai ficar uma beleza, nós vamos dar um jeito em tudo.

Arad, julho de 2006

Os que são próximos

1.

Nos arredores da aldeia já caíra a escuridão prematura de uma tarde de fevereiro. Além de Guili Steiner não havia ninguém na parada de ônibus, iluminada por um pálido lampião de rua. O prédio do Conselho estava fechado, as persianas cerradas. Das casas próximas, cujas persianas também estavam cerradas, irrompiam os sons de aparelhos de televisão. Junto às latas de lixo passou um gato de rua em lentos passos de veludo, cauda empinada, a barriga um pouco arredondada, atravessou calmamente a estrada e desapareceu na sombra dos ciprestes.

O último ônibus de Tel Aviv chega à aldeia de Tel Ilan diariamente às sete da noite. Às vinte para as sete chegou a dra. Guili Steiner — médica familiar da enfermaria da aldeia — à parada de ônibus em frente ao Conselho Municipal para esperar o soldado Guid'on Gat, seu sobrinho, filho de sua irmã. Quando estava no meio de um curso na Escola de Blindados, Guid'on adoecera, fora diagnosticada uma doença renal, e ele fora hospitalizado. Agora, que recebera alta, sua mãe o enviava para descansar alguns dias na casa de sua irmã, a médica da aldeia.

A dra. Steiner era solteira, magra e enrugada, angulosa, cabelo grisalho cortado bem curto, rosto severo, e usava óculos quadrados sem aro. Era uma mulher enérgica de cerca de quarenta e cinco anos, mas parecia mais velha. Em Tel Ilan era considerada uma excelente diagnosticadora, que quase nunca errava na avaliação das doenças, porém, assim se comentava, tinha um jeito seco e áspero, e não manifestava simpatia pelo sofrimento dos doentes, apenas lhes dava uma aguda atenção. Nunca se casara, mas seus contemporâneos na aldeia lembravam-se de que na juventude tivera um caso de amor com um homem casado, que morrera na guerra do Líbano.

Estava sentada sozinha no banco da parada de ônibus, esperando o sobrinho e consultando de vez em quando o relógio de pulso. À luz do lampião não se viam nitidamente os ponteiros, e não dava para saber quanto tempo ainda faltava para que o ônibus chegasse. Ela esperava que ele não atrasasse e que Guid'on estivesse nele. Guid'on era um rapaz distraído, certamente capaz de se confundir e pegar um ônibus errado. Agora que estava convalescendo de uma doença grave com certeza andava ainda mais distraído.

Enquanto isso a dra. Steiner aspirava até o fundo dos pulmões o fresco ar noturno, depois de um dia frio e seco de inverno. Cães latiam nos quintais e sobre o telhado do prédio do Conselho pendia uma lua quase cheia que derramava uma luz branca esquelética na rua, nos ciprestes e nos arbustos da cerca viva. Tênue vapor envolvia as copas das árvores, em sua desfolha de inverno. Nos últimos anos Guili Steiner inscrevera-se em dois dos círculos de atividades da Casa de Cultura da aldeia de Tel

Ilan, sob a direção de Dália Levin, mas lá não encontrara o que desejava. O que desejava, não sabia. Talvez a visita do sobrinho, o soldado, a ajudasse a descobrir um interesse. Durante alguns dias estarão só os dois na casa, junto ao aquecedor, ela cuidará dele como cuidava em sua infância, e talvez role uma conversa, e talvez Guili Steiner consiga animar o rapaz que ela amara todos esses anos como se fosse seu filho. Já preparara para ele uma geladeira cheia de iguarias, arrumara sua cama e estendera ao lado dela um tapete de lã no quarto sempre reservado para ele, ao lado do quarto dela. À cabeceira da cama lhe dispusera jornais, revistas e três ou quatro livros dos quais tinha gostado, e esperava que Guid'on gostasse também. Também acendera antecipadamente o *boiler* de água quente e deixara uma luz suave e um aquecedor acesos na sala, e sobre a mesa uma salva de frutas e um prato de mix de sementes, para que, assim que chegassem da parada de ônibus, Guid'on tivesse a tépida sensação de estar em casa.

Às sete e dez ouviu-se o ronco do ônibus que vinha da rua dos Fundadores. A dra. Steiner levantou-se e ficou de pé em frente ao ponto, magra e enérgica, os ombros ossudos envoltos num suéter escuro. Da porta traseira desceram primeiro duas mulheres não muito jovens, que Guili Steiner conhecia superficialmente. Ela as cumprimentou, e foi cumprimentada em resposta. Da porta da frente desceu lentamente Arie Tselnik, vestido com uma parca militar um pouco maior que o tamanho dele, e usando um boné que lhe escondia a testa e cobria de sombra seus olhos. Ele cumprimentou Guili Steiner com um boa-noite e depois perguntou, como que gracejando, se ela estava lá especialmente para esperá-lo. Guili respondeu que esperava seu sobrinho soldado, mas Arie Tselnik não vira nenhum soldado no ônibus. Guili Steiner disse que ela se referia a um soldado em roupas civis. Enquanto isso desceram mais três ou quatro passageiros, mas Guid'on Gat não estava entre eles. O ônibus se esvaziou, e Guili perguntou a Mirkin, o motorista, se entre os passageiros que tinham embarcado em Tel Aviv não havia um rapaz jovem, magro e alto, de óculos, um soldado de licença, um rapaz bem agradável, mas um pouco disperso e talvez não muito saudável. Mirkin, o motorista, não se lembrava de nenhum passageiro assim, mas disse, em tom brincalhão, Não se preocupe, dra. Steiner, quem não chegou esta noite com certeza chegará amanhã de manhã, e quem não chegar amanhã de manhã chegará amanhã ao meio-dia. No fim, todos chegam. Guili Steiner perguntou também a Avraham Levin, que saíra do ônibus por último, se por acaso não havia um passageiro jovem que descera talvez por engano no ponto errado. Avraham disse:

"Talvez houvesse, talvez não. Não prestei atenção. Estava mergulhado em pensamentos."

E depois de pensar um pouco acrescentou:

"Há muitas paradas no caminho e muita gente subiu e desceu nessas paradas."

Mirkin, o motorista, propôs à dra. Steiner dar-lhe uma carona até em casa, a caminho de sua própria casa. Toda noite o ônibus fica estacionado ao lado da casa de Mirkin e, na manhã seguinte, às sete horas, ele parte para Tel Aviv. Guili agradeceu e respondeu que preferia voltar a pé: o ar hibernal lhe aprazia, e agora que o sobrinho não chegara não tinha por que se apressar.

Depois que Mirkin lhe desejou uma boa noite e fechou num sopro do compressor a porta do ônibus e partiu em direção a sua casa, Guili Steiner se arrependeu: ocorreu-lhe que muito possivelmente Guid'on se deitara e adormecera no banco de trás e ninguém reparara nele e agora, quando Mirkin estacionasse o ônibus em frente a sua casa e apagasse as luzes e fechasse as portas, o rapaz ficaria preso e trancado até de manhã. Ela voltou-se, pois, na direção da rua dos Fundadores e caminhou em passos enérgicos atrás do ônibus cortando caminho pelo Jardim da Recordação,* que estava envolto na escuridão e tocado pela prata pálida da luz da lua, que estava quase cheia.

2.

Depois de vinte ou trinta passos Guili Steiner chegou à conclusão de que seria melhor ir direto para casa, telefonar para o motorista Mirkin e pedir-lhe que saísse e verificasse bem se um passageiro seu não havia adormecido, deitado no banco traseiro. Poderia também ligar para a irmã e perguntar se Guid'on havia efetivamente saído a caminho de Tel Ilan ou talvez tivesse cancelado a viagem na última hora. Por outro lado, para que telefonar e preocupar a irmã? Já bastava estar ela mesma preocupada e inquieta. Se o rapaz tivesse descido do ônibus antes da hora, errando a parada, certamente estaria agora tentando telefonar para ela de uma das aldeias próximas. Outro bom motivo para ir direto para casa e não correr atrás do ônibus até a casa de Mirkin. Ela proporia a Guid'on pelo telefone que tomasse um táxi no lugar em que descera por engano e, se não tivesse dinheiro, ela obviamente pagaria a corrida. E assim já via em seus pensamentos o rapaz chegando de táxi em sua casa dentro de meia hora ou uma hora, sorrindo, com aquele jeito dele, um sorriso envergonhado e se desculpando em sua voz baixa pela confusão, e ela pagando ao taxista e segurando a mão de Guid'on, como costumava fazer quando ainda era um menino, e o acalmando e o perdoando e o levando para dentro para tomar uma ducha e comer o jantar que preparara para os dois, peixe assado com batatas. Enquanto esti-

---

* Jardim-monumento em memória dos que tombaram nas guerras de Israel, muito comum nas cidades e aldeias.

vesse no chuveiro ela olharia rapidamente a ficha médica dele, que a seu pedido Guid'on teria pegado emprestada do hospital. No que tange à diagnose médica, ela só confiava nela mesma, e assim mesmo nem sempre, e não totalmente.

Embora tivesse decidido que sem dúvida era melhor, em todos os sentidos, ir direto para casa, a dra. Steiner continuou na direção da Casa de Cultura e caminhou em passos curtos e decididos para subir a rua dos Fundadores e cruzar o Jardim da Recordação, cortando caminho. As lentes de seus óculos se embaçaram, porque o ar invernal estava úmido e carregado de vapores. Ela tirou os óculos, esfregou as lentes com força em seu cachecol e tornou a pô-los num movimento enérgico. Por um momento, sem os óculos, seu rosto não parecia nem severo nem seco, mas delicado e ofendido como o de uma menina admoestada por algo que não fizera. Mas no Jardim da Recordação não havia ninguém para vê-la sem os óculos. Em nossa aldeia só se conhecia a dra. Steiner através do brilho afiado e gelado das lentes quadradas dos óculos sem aro.

O jardim estava calmo à luz da lua, silencioso e sem vivalma. Para além do canteiro de grama e do emaranhado das buganvílias, estendia-se um denso bosque de pinheiros, um bloco espesso de escuridão. Guili Steiner respirou profundamente e apressou os passos. A sola de seus sapatos fazia ranger o caminho de cascalho como se, ao andar, pisasse em algum pequeno animal que reagia com gritos cortados. Quando Guid'on era um menino de quatro ou cinco anos, sua mãe o trouxera à casa da irmã, que então começara a se estabelecer como médica de família na aldeia de Tel Ilan. Era um menino sonolento, sonhador, e sabia ocupar-se durante horas brincando sozinho com três ou quatro objetos singelos, uma caneca, um cinzeiro, cordões de sapato. Muitas vezes, em suas calças curtas e sua camisa manchada, ficava sentado no degrau da casa, introspectivo, totalmente imóvel, os lábios movendo-se como se contasse a si mesmo uma história. Tia Guili não gostava da solidão do menino e tentava arranjar-lhe, entre os filhos dos vizinhos, companheiros para brincar. Mas as crianças não achavam nele qualquer graça, e depois de quinze minutos Guid'on ficava de novo sozinho. Não tentava fazer amizade com eles e de novo ia deitar sozinho na rede na varanda, absorto, os lábios se movendo. Ou arrumava percevejos numa fileira. Ela lhe comprou alguns jogos e brinquedos, e o menino brincava com eles por pouco tempo para logo voltar a suas coisas habituais: duas canecas, um cinzeiro, um jarro, clipes e colherinhas, que ele dispunha sobre uma esteira segundo algum critério que só ele entendia, e espalhava e arrumava de novo, e seus lábios não paravam de se mover como a lhe contar histórias que nunca partilhou com a tia. De noite adormecia abraçando um pequeno canguru de lã desbotada.

Tentara algumas vezes romper a solidão da criança, propondo-lhe irem passear nos arredores da aldeia, entrar no armazém de Victor Ezra e comprar doces, ou subirem juntos na torre da caixa-d'água, que se apoiava em três pernas de concreto, mas o menino só sacudia os ombros como que espantado com o espírito empreendedor que a havia atacado de repente sem o menor sentido.

E uma vez, quando Guid'on tinha cinco ou seis anos, sua mãe o trouxera para passar alguns dias na casa de sua irmã na aldeia. Guili Steiner, em sua homenagem, tirou alguns dias de férias na enfermaria, mas o menino teimava em ficar sozinho sobre a esteira e brincar com uma escova de dentes, uma escova de cabelo e algumas caixas de fósforos vazias, quando Guili foi chamada para um atendimento urgente a um doente numa extremidade da aldeia. Ela não concordou de maneira alguma em deixá-lo sozinho em casa e insistiu que ele a acompanhasse ou que a esperasse no escritório de Kupat Cholim, sob os cuidados de Tsila, a secretária. O menino, silencioso e teimoso, não mudou de ideia: queria ficar em casa, não tinha medo de ficar sozinho. Seu canguru tomaria conta dele. Prometia não abrir a porta para estranhos. Guili Steiner teve de repente uma explosão de cólera, não só devido à teimosia do menino em ficar sozinho e continuar com suas brincadeiras solitárias na esteira, mas por causa de toda essa constante estranheza, essa indiferença e esse seu desligamento de toda a humanidade. Ela levantou a voz e gritou, Você vem comigo agora. Pronto. Não tem discussão! O menino respondeu com paciência e voz macia, como que espantado com a dificuldade de percepção dela, Não, tia Guili, eu vou ficar. Ela ergueu a mão num impulso e brutalmente deu-lhe uma bofetada no rosto, e depois, para espanto dela mesma, continuou a bater nele com as palmas das duas mãos na cabeça, nos ombros, nas costas, teimosa e raivosamente, como se lutasse para derrotar um inimigo figadal ou como se domasse uma mula teimosa. Guid'on encolheu-se sob seus golpes, enfiou a cabeça entre os ombros, ficou em silêncio e esperou que a raiva dela passasse. Então ergueu para ela uns olhos surpresos e perguntou-lhe baixinho, Por que você me odeia? Ela sobressaltou-se e apressou-se em abraçá-lo e, em lágrimas, beijou-lhe a cabeça e cedeu e permitiu que ficasse em casa sozinho com seu canguru, e, quando voltou, menos de uma hora depois, pediu-lhe desculpas e o menino respondeu, Está tudo bem, às vezes a gente fica com raiva, mas duplicou seu silêncio e quase não falou mais nada até que sua mãe veio buscá-lo, dois dias depois. Nem ele nem Guili contaram à mãe de Guid'on sobre a briga que houvera entre eles. Antes de ir, o menino apanhou da esteira os elásticos, o suporte de livros, o saleiro e a caderneta de rascunhos e pôs cada coisa em seu lugar. O canguru foi devolvido à gaveta. Guili curvou-se e beijou-o com amor e com carinho nas duas faces e ele devolveu-lhe um beijo educado em seu ombro, um beijo com os lábios cerrados.

3.

Ela acelerou a marcha porque a cada passo crescia nela a certeza de que Guid'on realmente adormecera no banco traseiro e estava agora trancado no ônibus às escuras em seu estacionamento noturno em frente à casa de Mirkin. Ocorreu-lhe que talvez o frio e o súbito silêncio o tivessem acordado, e ele agora tentava inutilmente se esgueirar do ônibus trancado, empurrava as portas cerradas, batia com os punhos no vidro traseiro, provavelmente teria esquecido como sempre de levar consigo seu celular assim como ela mesma esquecera de pegar o celular quando saíra de casa para ir esperá-lo na parada de ônibus.

Uma chuva fina começou a cair, quase imperceptível, e o vento cessara. Ela atravessou o escuro bosque e chegou ao pálido lampião na saída do Jardim de Recordação, na direção da rua da Oliveira, onde deparou com uma lata de lixo virada e derramada na calçada. Guili Steiner contornou-a e continuou seu caminho subindo a rua da Oliveira em passos enérgicos. As casas estavam fechadas e envoltas numa leve neblina leitosa, e os bem cuidados pomares pareciam adormecidos no frio do inverno. Cercas vivas de arbustos de alfenas, mirtas e tuias circundavam os jardins. Aqui e ali, com plantas trepadeiras a cobri-la como um véu, assomava na rua uma nova e suntuosa vila, que fora construída sobre as ruínas de uma das antigas casas da aldeia. Já havia alguns anos que os ricos da cidade adquiriam casas antigas na aldeia de Tel Ilan, as demoliam até os alicerces e construíam em seu lugar mansões de vários níveis, cheias de cornijas e pequenos telhados. Mais um pouco, cismava Guili Steiner, esta aldeia deixará de ser uma aldeia e se transformará numa espécie de cidade de veraneio para os abastados. Sua casa, ela deixaria em herança para Guid'on, e já preparara um testamento com essa instrução. Agora, em seus pensamentos, via com clareza Guid'on adormecido num sono agitado, enrolado em seu casaco marrom no banco traseiro, trancado e aprisionado no ônibus estacionado em frente à casa de Mirkin.

Uma brisa fria a fez estremecer ao passar na esquina do quarteirão da sinagoga. A chuva fina cessara. Um saco de plástico vazio flutuava em remoinho na rua deserta e roçou em seu ombro como um pálido fantasma. Guili Steiner apressou seus passos e dobrou da rua da Aravá para a rua do cemitério, em cuja extremidade mais afastada morava o motorista Mirkin, em frente à casa da professora Rachel Franco e de seu pai, o velho Pessach Kedem. Uma vez, quando já tinha doze anos, Guid'on aparecera sozinho na casa de sua tia em Tel Ilan, porque brigara com sua mãe e decidira sair de casa. Sua mãe o havia trancado no quarto porque se dera mal em uma prova e ele fugiu pela varanda, pegou dinheiro na carteira da mãe e viajou para Tel Ilan. Trazia consigo uma sacola com roupa de baixo, meias e duas camisas, e pediu a Guili que lhe desse abrigo. Guili abraçou o menino, preparou-lhe um almoço e deu-lhe o surrado canguru de lã que ele gostava de abraçar quando criança, e depois telefonou para a irmã, apesar de as relações entre elas serem frias e nada boas. A mãe de Guid'on veio no dia seguinte e levou o menino sem dizer uma só palavra à irmã, e Guid'on cedeu, despediu-se de Guili com tristeza e foi arrastado de lá em silêncio, sua mão apertada com força na mão da mãe furiosa. Uma outra vez, havia uns três anos, quando Guid'on já tinha dezessete anos, viera se hospedar com ela para se isolar na tranquilidade da aldeia e se preparar para o exame final de biologia. Ela deveria ajudá-lo em sua preparação para a prova, mas, em vez de se prepararem, como tecendo juntos uma relação, mergulharam os dois numa série de partidas de damas. Vez após outra jogaram damas, e perde-ganha, e na maioria das vezes ela ganhou de Guid'on, e não o deixou ganhar dela. Após cada derrota o rapaz lhe propunha em sua voz sonolenta, Vamos jogar só mais uma partida. O dia inteiro jogaram damas e à noite, até altas horas, assistiram a filmes que passavam na televisão, sentados um ao lado do outro no sofá, os joelhos dos dois cobertos com um só cobertor de lã. De manhã Guili Steiner foi para seu trabalho na enfermaria de Kupat Cholim e lhe deixou na mesa da cozinha pão cortado em fatias, legumes, queijos e dois ovos duros. Ao voltar de tardinha do trabalho o encontrou dormindo de roupa no sofá da sala. Tinha limpado e arrumado a cozinha, e dobrara com cuidado e precisão sua roupa de cama. De tarde também jogaram damas, uma partida atrás da outra, em vez de se prepararem para a prova, e quase não falaram um com o outro. De noite viram televisão até quase meia-noite, o aquecedor aceso, mas assim mesmo se enrolaram ombro com ombro no mesmo cobertor de lã azul, e dessa vez os dois riram, pois o filme que passava era uma comédia inglesa picante. No dia seguinte o rapaz voltou para casa, e na prova de biologia, dois dias depois, tirou uma nota mediana, apesar de quase não ter estudado. Guili Steiner telefonou para sua irmã e mentiu, dizendo-lhe que Guid'on havia se preparado com sua ajuda para a prova, e que ele era organizado e aplicado de maneira exemplar. Guid'on enviou pelo correio a sua tia um livro de poemas de Iehudá Amichai, e na página da dedicatória agradeceu-lhe pela ajuda para a prova de biologia. Ela lhe respondeu com um cartão-postal com uma foto da vista geral da aldeia de Tel Ilan, tirada do alto da torre d'água, no qual escreveu agradecendo pelo livro e acrescentou, Se por acaso você quiser vir outra vez estudar comigo para, por exemplo, se preparar para outras provas, o caminho aqui está sempre aberto para você, não tenha vergonha de vir.

4.

O motorista Mirkin, um viúvo com um largo traseiro e cerca de sessenta anos, já vestia uma roupa caseira, largas calças de moleton e uma camiseta com anúncio de uma firma comercial. Ficou muito surpreso quando a dra. Steiner bateu-lhe de repente à porta e pediu que saísse e verificasse se um passageiro seu não adormecera no último banco do ônibus.

Mirkin era um homem grande e corpulento, falastrão e amigável. Seus incisivos eram grandes e diferentes um do outro, e seu largo sorriso os revelava e também sua língua, que se projetava um pouco sobre seu lábio inferior. Ele supunha que o sobrinho da dra. Steiner com certeza havia saltado por engano em uma das paradas do percurso e que agora estaria a caminho de Tel Ilan pegando carona, e achava melhor que a dra. Steiner ficasse em casa e o esperasse. Mesmo assim concordou em pegar uma lanterna e ir com ela verificar se não havia um passageiro oculto aprisionado no ônibus estacionado em frente a sua casa.

"Com certeza ele não está lá, doutora Steiner, mas, para que a senhora fique tranquila, vamos subir e verificar, por que não?"

"Você não se lembra por acaso de um moço alto, magro, de óculos, um rapaz bastante confuso mas muito educado?"

"Eu trouxe vários jovens. Acho que havia um muito palhaço, com uma grande mochila e um violão."

"E nenhum deles continuou até Tel Ilan? Todos desceram no caminho?"

"Sinto muito, doutora. Não me lembro. Será que a senhora tem algum pequeno remédio milagroso para fortalecer um pouco a memória? Nos últimos tempos tenho esquecido tudo. Lenços, nomes, datas, carteira, documentos. Daqui a pouco vou esquecer até meu nome."

Ele abriu o ônibus apertando um botão escondido sob o degrau e subiu, pesado e desengonçado, iluminando com a lanterna banco após banco, num nervoso estremecer de sombras. Guili Steiner subiu atrás dele e quase se chocou com suas largas costas que avançavam pelo corredor. Quando iluminou o banco traseiro irrompeu de seus lábios uma abafada exclamação de espanto, e ele inclinou-se e ergueu uma coisa mole e indistinta e a estendeu a sua frente, revelando um casaco de inverno que pareceu familiar à dra. Steiner.

"Este é por acaso o casaco de seu visitante?"

"Não tenho certeza. Talvez. Parece que sim."

O motorista dirigiu o facho de luz de sua lanterna para o casaco, por um momento, depois iluminou o rosto da doutora, seu cabelo grisalho curto, os óculos quadrados e os lábios finos e severos, e disse-lhe que talvez o rapaz realmente tivesse estado no ônibus e descera numa parada errada e esquecera o casaco.

Guili apalpou o casaco com as duas mãos, cheirou-o um pouco e pediu que Mirkin tornasse a iluminá-lo com sua lanterna.

"Parece que isso é dele. Eu acho. Não tenho certeza."

"Leve-o", disse o motorista generosamente. "Pode ficar com ele. Se amanhã por acaso vier um outro passageiro procurando este casaco, eu saberei onde está. A senhora permite que eu a leve até sua casa, doutora Steiner? Já vai começar a chover de novo."

Guili agradeceu e disse que não era necessário, obrigada, ela voltaria para casa a pé, já bastava e passava das medidas o incômodo que lhe causara em suas horas de repouso. Ela desceu do ônibus, e o motorista desceu atrás dela, a lanterna a iluminar o degrau para que não tropeçasse. Ao descer ela vestiu o casaco e enquanto o vestia teve a certeza de que ele pertencia a Guid'on, lembrava-se dele do último inverno. Um casaco marrom, curto e felpudo. Era agradável se envolver nele, e por um momento imaginou que o casaco guardava o delicado cheiro do rapaz, não o de agora, mas o de sua longínqua infância, um tênue cheiro de sabão de amêndoas e mingau. O casaco só estava um pouquinho grande nela e seu contato era macio e agradável.

Ela agradeceu a Mirkin, e ele tornou a pedir-lhe que concordasse em que a levasse em casa. Mas não há necessidade, realmente não é necessário, e se despediu e voltou-se para ir embora. Uma lua quase cheia surgiu de entre as nuvens e iluminou com sua pálida luz prateada as pontas dos ciprestes do cemitério vizinho. Um amplo e profundo silêncio reinava nos arredores da aldeia, e só da direção da torre d'água ouviu-se o mugido de uma vaca, ao que cães distantes responderam com um longo e abafado latido que se transformou num ganido.

5.

E talvez, afinal, este casaco não seja o de Guid'on. Pois é bem possível que ele tenha cancelado a viagem e se esqueceu de avisá-la. Ou quem sabe sua doença tenha se agravado e ele tenha sido internado de emergência no hospital. Ela sabia por sua irmã que, no meio de um dos cursos na Escola de Blindados, ele contraíra uma doença infecciosa nos rins e fora internado por dez dias no departamento de nefrologia. Ela pretendia viajar para visitá-lo, mas sua irmã proibiu-a de ir. Entre ela e sua irmã perdurava uma rixa virulenta e antiga. Não conhecia os detalhes da doença de Guid'on e por isso ficara muito preocupada e lhe pedira ao telefone que trouxesse sua ficha médica, para que pudesse examiná-la. No que diz respeito à diagnose, não confiava em médico nenhum.

E talvez não tivesse adoecido nem ficado em casa, e sim embarcara no ônibus errado e adormecera e só acordara na parada final, no escuro e em alguma aldeia estranha, e agora tentava descobrir como chegar a Tel Ilan. Precisava chegar logo em casa. Quem sabe o tempo todo, e neste mesmo momento, ele esteja tentando telefonar de uma das aldeias das redondezas? Ou talvez enquanto isso tenha conseguido chegar e agora esteja sentado nos degraus de sua casa a esperá-la no escuro? Uma vez, no inverno, quando Guid'on tinha oito anos, sua mãe o trouxera para passar as férias de Hanuká na casa de sua tia, na aldeia. Apesar da continuada e teimosa rixa entre as duas irmãs, a mãe de Guid'on o trazia nos períodos de férias para ficar com sua irmã na aldeia. Na primeira noite ele teve um pesadelo. Tateou seu caminho no escuro, abriu a porta do quarto dela e veio descalço até a cama de Guili, todo trêmulo, apavorado, de olhos arregalados: havia um demônio em seu quarto, um demônio que ria e lhe estendia dez braços compridos, os dedos em luvas pretas. Ela acariciou-lhe a cabeça e o aconchegou em seu magro colo e tentou acalmá-lo, mas o menino, recusando-se a ficar calmo, emitia sons seguidos e ruidosos que pareciam soluços. Guili Steiner decidiu então eliminar a causa daquele medo, e o arrastou com força, paralisado e congelado de terror, de volta a seu quarto. O menino esperneou e lutou com ela, mas ela não cedeu, agarrou-o pelos ombros e o puxou e empurrou para dentro do quarto, acendeu a luz e mostrou-lhe que o que o assustara não era mais do que um cabide em pé, de cujos braços pendiam um suéter e algumas camisas. O menino não acreditou e lutou para se livrar dela, e quando a mordeu ela o esbofeteou duas vezes, uma em cada face, para livrá-lo da histeria. Mas no mesmo momento se arrependeu e o envolveu em seus braços e colou o rosto dele ao dela e deixou que dormisse na cama dela com seu canguru roto feito de lã desbotada.

De manhã ele acordou pensativo, mas não pediu para voltar logo para casa. Guili lhe disse que sua mãe viria buscá-lo dois dias depois, e que nas noites restantes ele poderia dormir com ela na cama. Guid'on não mencionou seu pesadelo nem sequer uma vez. E na noite seguinte decidiu corajosamente dormir em seu próprio quarto, e só pediu a sua tia que deixasse a porta aberta e a luz acesa no corredor. Às duas da manhã veio se arrastando, tremendo todo, à cama dela e a seu cobertor e dormiu envolto em seus braços. Ela ficou deitada e acordada até de manhã, sorvendo para dentro dela o perfume do delicado xampu com o qual lavara a cabeça dele antes de dormir, e sabia que uma profunda ligação, indefinível em palavras, unia os dois para sempre, e que amava esse menino mais do que jamais amara outra pessoa, e mais do que ainda poderia vir a amar alguma vez.

6.

Não se via alma viva nas ruas da aldeia à noite, além dos gatos de rua que remexiam as latas de lixo. De todos os aparelhos de televisão por trás das venezianas cerradas ouvia-se a voz preocupada do locutor do noticiário. Um cão distante latia e latia teimosamente, como se tivesse sido encarregado de despertar a aldeia de sua tranquilidade. Guili Steiner, envolta no casaco que Mirkin lhe dera, atravessou com seus pequenos e apressados passos o quarteirão da sinagoga e todo o comprimento da rua da Oliveira, e para cortar caminho entrou sem hesitar no bosque do Jardim da Recordação, que estava mergulhado em trevas. Uma ave noturna gritou acima dela, da escura copa de uma árvore, e depois se ouviu o coaxar rouco de sapos numa poça d'água. Guid'on, agora ela o sentia com certeza, já a esperava, sentado no escuro, nos degraus da casa diante da porta da frente trancada. Mas o casaco dele fora esquecido no ônibus de Mirkin, e ela mesma o vestia agora. Como o casaco poderia ter chegado ao banco traseiro se Guid'on estivesse lá sentado a esperá-la? Talvez, afinal, ela tivesse se agasalhado com o casaco de um estranho. Tal pensamento a fez apressar ainda mais seus passos. Guid'on com certeza está vestindo seu verdadeiro casaco sem saber o que acontecera com ela. Ao sair do bosque ela se assustou ao ver um vulto sentado empertigado, colarinho levantado, imóvel, num dos bancos do jardim. Ela hesitou por um momento e de repente encheu-se de coragem e decidiu se aproximar e verificar de perto. Era apenas um galho quebrado que aterrissara enviesado no banco.

Já eram quase nove horas quando Guili Steiner chegou em casa. Ela acendeu a luz da entrada, apagou o *boiler* de água quente, e apressou-se a procurar recados no telefone e no celular, que ficara esquecido sobre a mesa da cozinha. Mas nenhum recado fora gravado, embora parecesse que alguém havia ligado uma vez e desligado sem deixar uma só palavra gravada. Guili digitou o número do celular de Guid'on, para ouvir uma voz oca informá-la de que aquele número estava indisponível. Ela então resolveu driblar seus sentimentos e contatar a irmã em Tel Aviv para saber se Guid'on realmente viajara ou por acaso cancelara a visita sem avisá-la. O telefone na casa da irmã tocou e tocou, sem qualquer resposta, a não ser a da voz automática que lhe sugeriu gravar um recado depois do sinal. Ela hesitou um instante e preferiu não deixar recado, pois não sabia o que poderia dizer: se Guid'on se enganara no trajeto e estava agora a caminho daqui, de carona ou de táxi, não valia a pena assustar sua mãe. E se no final das contas tivesse preferido ficar em casa, certamente a teria avisado. Ou será que não achava importante avisá-la ainda esta noite, e telefonaria amanhã para a enfermaria? E se seu estado se agravou e ele fora de novo internado no hospital? A febre teria subido? A infecção aparecera novamente? No mesmo momento ela resolveu ignorar as proibições da irmã e decidiu viajar no dia seguinte depois do trabalho para visitá-lo no hospital. Ela entraria na sala dos médicos e conversaria com o diretor do departamento. Exigiria que lhe permitissem examinar sua ficha médica. Estudaria os resultados dos exames para avaliá-los ela mesma.

Guili despiu o casaco e examinou-o de perto, na luz da cozinha. O casaco lhe parecia mesmo conhecido, mas de novo não tinha certeza. A cor era mais ou menos parecida, mas a gola era um pouco diferente. Estendeu o casaco na mesa, diante dela, sentou-se numa das duas cadeiras da cozinha e estudou cuidadosamente o casaco. O jantar que preparara para os dois, peixe assado com batata, a esperava no forno. Ela resolveu continuar esperando Guid'on até a noite terminar e ligou um pequeno aquecedor elétrico, cujas espirais se esbrasearam lentamente enquanto emitiam pequenos estalos. Esperou durante um quarto de hora, sem se mexer. Depois se levantou e foi até o quarto de Guid'on. A cama estava feita para ele dormir, a seus pés fora estendido um tapete acolhedor, e a sua cabeceira esperavam-no os jornais, as revistas e os livros que Guili escolhera para ele com muito critério. Guili acendeu o abajur ao lado da cama e arrumou os travesseiros. Por um momento teve a impressão de que Guid'on já estivera ali, já dormira, e já se levantara, e já arrumara bem a cama e já viajara, e agora ela estava de novo sozinha. Como sempre ficava sozinha em sua casa vazia depois das visitas dele.

Ela curvou-se e enfiou as beiradas do cobertor embaixo do colchão. Voltou à cozinha, cortou um pão em fatias, tirou da geladeira manteiga e queijos e pôs água para ferver. Quando a água ferveu, ligou o pequeno rádio que ficava em cima da mesa da cozinha. Três vozes, contrapondo-se raivosamente, discutiam a prolongada crise da agricultura. Ela desligou o rádio e foi olhar pela janela. O caminho de acesso à casa estava só um pouco iluminado, e sobre a rua deserta pairava uma lua quase cheia entre baixos farrapos de nuvens. Ele já tem namorada, pensou de repente, é isso, por isso esqueceu de vir e esqueceu até de avisar, finalmente ele arranjou uma namorada e por isso não tem mais qualquer motivo para vir vê-la. A ideia da namorada que Guid'on arranjara encheu seu coração de uma dor quase insuportável. Como se tivesse se esvaziado de tudo e só sua própria casca enrugada ainda a pressionasse e doesse. Na verdade, ele não havia realmente prometido vir, mas dissera que tentaria pegar o ônibus desta tarde-noite, mas que não o esperasse no ponto, pois, se decidisse vir esta tarde, ele chegaria sozinho à casa dela, e, se não viesse esta noite viria em breve, talvez na semana seguinte.

Mesmo assim Guili Steiner não conseguiu afastar a ideia de que Guid'on errara o caminho, confundira o ônibus ou o ponto, e agora com certeza estava enfiado em algum lugar afastado, tremendo de frio em alguma parada de ônibus abandonada, todo encolhido num banco de metal atrás de uma grade de ferro entre uma bilheteria fechada e um quiosque trancado. E sem saber como chegar até ela. Ela tinha a obrigação de sair agora, neste minuto, para a escuridão, pôr-se a caminho na estrada para encontrá-lo e trazê-lo a salvo a sua casa.

Quase às dez horas Guili Steiner disse a si mesma que Guid'on já não viria esta noite e que na verdade não havia nada que ela pudesse fazer a não ser esquentar e comer sozinha o peixe que estava no forno e as batatas e deitar para dormir e acordar no dia seguinte antes das sete e ir para a enfermaria cuidar de doentes queixosos e insistentes. Levantou-se, curvou-se sobre o forno, tirou e jogou no lixo o peixe e as batatas. Depois apagou o aquecedor de espirais, sentou na cadeira da cozinha e tirou os óculos quadrados sem aro e chorou um pouco, mas depois de dois ou três minutos parou de chorar e enterrou numa gaveta o roto canguru de lã, foi retirar a roupa lavada da secadora e até quase meia-noite passou e dobrou tudo, e pôs cada coisa em seu lugar, e à meia-noite despiu-se e deitou-se. Começara a chover em Tel Ilan, e a chuva intermitente caiu durante toda a noite.

Arad, 2008

Os que cavam

1.

O ex-deputado Pessach Kedem vivia o final de seus dias na casa de sua filha Rachel, numa extremidade de Tel Ilan, aldeia que fica nas montanhas de Menashé. Era um velho corcunda, alto, irascível e vingativo. Por causa da escoliose, sua cabeça se curvava para a frente num ângulo quase reto, e essa postura dava a seu corpo a forma de um *nun* final de imprensa.* Tinha oitenta e seis anos, era todo tendinoso e nodoso, áspero, a pele parecendo casca de oliveira. Um homem forte e tempestuoso, transbordante de conceitos e ideais. Da manhã à noite andava pela casa de chinelos, vestindo camiseta e calças cáqui grandes demais para ele, seguras por suspensórios que se cruzam nas costas. Tinha sempre na cabeça uma boina preta puída e amarfanhada que lhe chegava até o meio da testa, como se ele fosse um tanquista que já deu baixa e não tem mais serventia. E não

---

* A letra hebraica *nun* (n) de imprensa, em final de palavra, tem esta forma: ן.

parava de reclamar: amaldiçoava em voz alta uma gaveta que se recusava a abrir, xingava e insultava a locutora do noticiário que confundia Eslováquia com Eslovênia, irritava-se com o vento oeste que sopra de repente do mar e mistura seus papéis sobre a mesa da varanda, ficava com raiva de si mesmo porque, depois de se abaixar para juntar esses papéis no chão, ao se levantar dava de encontro à quina da maldita mesa.

Nunca perdoou seu partido por ter se desintegrado e desaparecido há vinte e cinco anos. Tampouco desculpou seus inimigos e adversários, que já se foram todos deste mundo. A juventude, a eletrônica e a nova literatura lhe causavam asco. Os jornais só publicavam lixo. Até mesmo quem fazia a previsão do tempo no noticiário da televisão parecia-lhe um homem presunçoso, embonecado e vazio, que balbuciava bobagens sem ter a menor noção do que estava falando.

Os nomes dos ministros e dirigentes atuais, Pessach Kedem confunde ou esquece de propósito, exatamente como o mundo o esqueceu. Mas ele, na verdade, nada esqueceu: lembrava com todos os detalhes cada ofensa, guardava consigo todo mal que lhe haviam feito havia duas gerações e meia, tinha registrada cada fraqueza de seus adversários, todo voto oportunista no plenário do parlamento, toda mentira insidiosa na reunião de uma das comissões, toda vergonha que trouxeram sobre si mesmos os companheiros de quarenta anos atrás (ele costumava chamá-los aqueles pseudocompanheiros, e às vezes, quando se referia a dois ministros menores de sua geração, os denominava o *chaver* Kishalon e o *chaver* Ki Kalon).*

De tardinha, quando se sentava com sua filha Rachel à me-

---

* *Chaver* pode, alternativamente, ser traduzido como *amigo, colega, companheiro, camarada* etc. *Kishalon* em hebraico significa "fracasso", *Ki Kalon* completa um jogo de palavras com *Kalon*, "vergonha, vexame".

sa da varanda, de repente agitava no ar um bule cheio de chá pelando, e reclamava com Rachel:

"Que linda figura fizeram todos eles, quando Ben Gurion de repente se levantou e viajou para Londres para flertar nas costas deles com Jabotinsky."

Rachel dizia:

"Pessach, se você não se importa, largue por favor esse bule. Ontem você derramou iogurte em mim, e já já vai nos dar um banho de chá fervendo."

Mesmo a sua amada filha o velho dedicava um prolongado ressentimento: verdade que ela cuidava dele diariamente e de forma impecável, mas também sem nenhum respeito. Toda manhã às sete e meia ela o tirava da cama para arejar o quarto ou trocar os lençóis (ele estava sempre exalando penetrantes cheiros de corpo, como um queijo já passado). Rachel não hesitava em adverti-lo quanto a seus cheiros de corpo, e o obrigava a tomar uma ducha duas vezes por dia nos meses de verão. Duas vezes por semana ela lhe lavava e penteava os cabelos, e lavava também a boina preta. Repetidas vezes o expulsava da cozinha (ele vivia a escarafunchar as gavetas procurando o chocolate que ela escondera dele, pois não lhe permitia mais que um ou dois quadradinhos por dia). Aos berros o obrigava a não esquecer de dar a descarga no banheiro e a fechar o zíper da calça ao sair. Todo dia preparava para ele, numa longa fileira de pratinhos sinalizados, a bateria de seus remédios da manhã e as cápsulas do meio-dia e os comprimidos da noite. Tudo isso Rachel fazia energicamente, em movimentos bruscos e econômicos e com os lábios apertados, como se tivesse sido encarregada de reeducar seu pai em sua velhice, corrigir seus maus hábitos e redimi-lo finalmente de uma longa vida em que fora mimado e egoísta.

Além de tudo isso, nas últimas manhãs o velho começara a reclamar dos operários que durante a noite cavavam embaixo dos fundamentos da casa e perturbavam seu sono, como se não pudessem cavar durante o dia, nas horas em que os habitantes da aldeia não estão dormindo.

"Cavando? Quem está cavando?"

"Eu é que lhe pergunto, Rachel, quem está cavando aqui de noite?"

"Ninguém está cavando aqui, nem de dia nem de noite. Talvez somente em seus sonhos."

"Estão cavando! Estão cavando! Uma ou duas horas da madrugada começam aqui todo tipo de bicada e cavação, como de picaretas, e às vezes também certos gorgolejos e triturações. Pelo visto você tem dormido o sono dos justos, se não ouve nada disso. Você sempre dormiu como um bebê. O que eles estão procurando em nosso porão ou debaixo dos pilares da casa? Petróleo? Ouro? Quem sabe manuscritos antigos?"

Rachel trocou o sonífero do velho por outro. Em vão. Nas manhãs seguintes ele continuou a reclamar das pancadas e das escavações noturnas bem debaixo do piso do seu quarto.

2.

Rachel Franco era uma viúva bonita e bem cuidada com cerca de quarenta e seis anos, professora de literatura na escola da aldeia de Tel Ilan, sempre vestida com apuro e bom gosto, com largas saias em agradáveis tons pastel que combinavam com os de sua echarpe, calçando mesmo durante o trabalho na escola sapatos de salto alto e usando delicados brincos, e às vezes também um fino colar prateado. Havia na aldeia quem não visse com bons olhos sua compleição juvenil e seu penteado com franjinha. (Uma mulher de sua idade! E ainda uma educadora! E viúva! Para quem ela precisa se exibir assim? Para Miki, o veterinário? Para o seu arabezinho? A quem ela espera arrancar os olhos?).

A aldeia era antiga e sonolenta, uma aldeia de mais de cem anos, com árvores grossas e telhados vermelhos e pequenas propriedades agrícolas, muitas das quais já se haviam transformado em tabernas que vendiam vinhos fabricados em adegas caseiras, azeitonas apimentadas, queijos feitos em casa, condimentos exóticos, frutas raras e trabalhos de macramê. As antigas construções eram agora pequenas galerias de obras de arte importadas, de objetos típicos da África e de móveis indianos, que se vendiam aos visitantes todo sábado, quando afluíam à aldeia vindos das cidades em caravanas de automóveis para encontrar verdadeiros achados, que consideravam originais e do mais requintado gosto.

Assim como seu velho pai, Rachel também vivia uma vida reclusa na pequena casa na extremidade da aldeia, cujo grande quintal confinava com a muralha de ciprestes do cemitério local. Os dois, pai e filha, eram viúvos: a mulher do deputado Pessach Kedem, Avigail, falecera havia muitos anos de septicemia. Seu filho primogênito, Eliaz, morrera num acidente (Eliaz foi o primeiro israelense a se afogar no mar Vermelho, em 1949). E o marido de Rachel, Dani Franco, morreu de parada cardíaca no dia de seu quinquagésimo aniversário.

A filha mais jovem de Dani e Rachel Franco, If'at, tinha casado com um dentista bem-sucedido de Los Angeles. Sua irmã mais velha, Osnat, negociava com diamantes em Bruxelas. As duas filhas haviam se afastado muito da mãe, como se a culpassem pela morte do pai. E as duas não gostavam do avô, que consideravam um homem egoísta, mimado e irritadiço.

Às vezes o velho, em sua raiva, se enganava e chamava Rachel pelo nome da mãe dela:

"*Nu*, Avigail, francamente, isso não é digno de você, tenha vergonha na cara!"

Em raras ocasiões, quando adoecia, confundia Rachel com sua própria mãe, Hinda, que fora assassinada pelos alemães numa pequena aldeia próxima a Riga. Quando Rachel lhe corrigia o engano, ficava exasperado e negava ter se enganado.

Rachel, por sua vez, não se enganava com o pai uma vez sequer. Ela aceitava pacientemente suas profecias de destruição e seus discursos moralistas, mas agia com mão de ferro com os desleixos e choramingos dele: se ele esquecia de levantar o assento da privada antes de urinar, Rachel lhe enfiava na mão um pano molhado e o mandava voltar assim como viera, para fazer aquilo que todo homem educado deve fazer. Se derramava sopa em suas calças, era obrigado a se levantar imediatamente, no meio da refeição, ir para o quarto, trocar-se e voltar limpo para a mesa. Não lhe relevava um erro no abotoar da camisa, e não deixava passar a barra da calça enfiada dentro da meia. Quando o repreendia, por exemplo, por permanecer sentado na privada durante quarenta e cinco minutos, esquecendo de se levantar e também de trancar a porta, chamava-o pelo nome, Pessach. Se ficava muito zangada, dirigia-se a ele tratando-o de "*chaver* Kedem". Mas acontecia às vezes, raras vezes, que a solidão ou a tristeza dele despertavam nela uma pontada passageira de carinho maternal. Como quando aparecia com expressão envergonhada na porta da cozinha e implorava, como uma criança, por mais um pedacinho de chocolate. Ela condescendia, dava o que ele pedia e ainda o chamava de "pai".

"Estão de novo perfurando aqui por baixo dos alicerces da casa. Esta noite, à uma ou duas da manhã, houve outra vez uma série de pancadas e o tinido de enxadas ou de pás. Você não ouviu nada?"

"Você também não ouviu, só pensa ter ouvido."

"O que eles estão procurando aqui em nosso porão ou embaixo dos pilares da casa, Rachel? Quem são esses operários?"

"Talvez estejam abrindo de noite a galeria do metrô de Tel Ilan."

"Você está zombando de mim. Mas não estou enganado, Rachel. Estão cavando embaixo da casa. E esta noite vou me levantar e acordar você, para que ouça com suas próprias orelhas."

"Não há o que ouvir, Pessach. Ninguém está bicando lá, a não ser, talvez, sua consciência."

3.

A maior parte das horas do dia o velho passava refestelado em sua espreguiçadeira, no pátio lajeado em frente à porta de entrada. Quando se impacientava, levantava-se e perambulava como uma alma penada pelos quartos da casa, descia ao porão para armar ratoeiras, lutava raivosamente com a porta telada da varanda, puxando-a e puxando-a para dentro com irritação, apesar de ela abrir para fora, amaldiçoava os gatos da filha, que fugiam em todas as direções ao ouvir o pisar de seus chinelos, descia da varanda para o terreno do sítio, que já deixara de ser um sítio, a cabeça a pender para a frente em ângulo quase reto e a lhe dar o aspecto de uma enxada invertida, procurava com exasperação uma revista ou uma carta no galinheiro desativado, no depósito de fertilizantes, no depósito de ferramentas, e enquanto isso esquecia o que fora procurar, agarrava com as duas mãos uma enxada abandonada e começava a cavar uma canaleta desnecessária entre dois canteiros, e repreendia a si mesmo por sua própria estupidez, xingava o estudante árabe que não removera o monte de folhas secas, largava a enxada e voltava para a casa pela porta da cozinha. Na cozinha abria a geladeira, olhava para dentro à luz pálida que se acendia, fechava a geladeira com uma batida de estremecer garrafas, atravessava o corredor em passos irritados enquanto balbuciava algo consigo mesmo, talvez execrando Tabenkin e Meir Iaari, dava uma espiada no banheiro, xingava a Internacional Socialista, transpunha seu próprio quarto e depois, em sua perambulação, era de novo arrastado à cozinha, o pescoço castigado pela escoliose pendurado em ângulo reto e a cabeça com sua boina preta a se lançar com força para a frente como a cabeça de um touro chifrando na arena, remexia um pouco os armários de mantimentos e de talheres à procura de um quadradinho de chocolate, suspirava, fechava as portas do armário com uma batida de desapontamento, seu lanoso bigode grisalho se eriçava como os pelos de um ouriço, parava um pouco e olhava pela janela da cozinha e de repente ameaçava com o punho cerrado uma cabra junto à cerca ou uma oliveira no declive da colina, e de novo saía pisando entre os móveis da casa com uma espécie de agilidade raivosa ao extremo, de quarto em quarto, de armário em armário, ele precisava de certo documento, precisava dele neste mesmo instante, sem qualquer delonga, os pequenos olhos cinzentos a se agitar e a investigar em cada lugar e os dedos a vasculhar as prateleiras, enquanto não parava de despejar nos ouvidos de um público invisível toda espécie de reclamações, uma série de argumentos, uma longa torrente de palavras de desprezo e de injúria, contestação e acusação. Esta noite já estava decidido a levantar-se corajosamente de sua cama, descer ao porão com uma lanterna potente na mão e pegar os cavadores, fossem eles quem fossem.

4.

Desde a morte de Dani Franco, desde que Osnat e If'at, uma após outra, deixaram a casa e o país, ao pai e à filha não restaram parentes próximos. Nem amigos. Os vizinhos quase não buscavam sua companhia, e eles também quase não visitavam os vizinhos. Os contemporâneos de Pessach Kedem haviam morrido ou estavam decrépitos, e mesmo antes disso ele não tivera nem amigos próximos nem pupilos: o próprio Tabenkin o afastara gradualmente do primeiro círculo de líderes do movimento. Os assuntos da escola de Rachel eram tratados na escola. O moço do armazém trazia em sua caminhonete os mantimentos que Rachel encomendava por telefone a Victor Ezra, e os deixava na casa pela porta da cozinha. Só muito raramente estranhos cruzavam a soleira da última casa junto à muralha de ciprestes do cemitério. Uma vez ou outra podia aparecer um representante do Comitê da Aldeia para pedir a Rachel que podasse a cerca viva, que crescera sem controle e estava atrapalhando a passagem. Ou um vendedor ambulante de eletrodomésticos vinha oferecer uma lavadora de louça ou secadora de roupa em suaves prestações (ao que dizia o velho: Secadora?! Elétrica?! De roupa?! Que será isso? O sol já se aposentou? Os varais se converteram ao islã?). Em raras ocasiões, um vizinho batia à porta, um agricultor de lábios contraídos, vestido em roupa de trabalho azul, que vinha indagar se seu cão perdido não entrara por engano no quintal deles. (Cão? Em nossa casa? Mas os gatos de Rachel o fariam em pedaços!) Desde a chegada do estudante que morava no quintal, num barracão que Dani Franco usara como depósito de ferramentas e criadora de pintos, os moradores da aldeia se detinham às vezes junto à cerca como que cheirando o ar. E logo apertavam o passo e retomavam seu caminho.

Algumas vezes Rachel, a professora de literatura, era convidada juntamente com seu pai, que já fora deputado, para um brinde ao fim do ano letivo na casa de um dos professores, ou para um grupo de estudos que se reunia na casa de um dos veteranos da aldeia, com a participação de um conferencista visitante. Rachel respondia à maioria dos convites com um Obrigado, por que não? Ela tentaria ir, e talvez até seu pai quisesse participar desta vez. Mas geralmente acontecia que algumas horas antes da comemoração ou da palestra o velho era atacado de pigarro causado pelo enfisema ou esquecia onde deixara sua dentadura, e Rachel telefonava de última hora e se desculpava em nome dos dois. Às vezes ela ia sozinha, sem o pai, aos saraus de canto em grupo que se realizavam na casa de Dália e Avraham Levin, casal que perdera o filho e que morava na subida da colina.

O velho tinha especial ojeriza por três ou quatro professores de fora que moravam na aldeia em quartos alugados e todo fim de semana voltavam para suas famílias na cidade: na tentativa de amenizar a solidão, um ou outro aparecia às vezes para uma palavrinha com Rachel, tomar emprestado ou devolver um livro, aconselhar-se sobre questões didáticas ou disciplinares, fazer hesitantes sondagens de namoro. Pessach Kedem desprezava esses visitantes-ambulantes com furioso desdém: ele mantinha a todo custo a convicção de que ele e a filha bastavam-se um ao outro, e não tinham o menor interesse em qualquer espécie de tipos estranhos cujas intenções ninguém conhece quais são, e só o diabo sabe o que se esconde por trás de suas visitas indesejadas. Ele achava que agora, nestes nossos tempos, chegara uma época na qual todas as intenções dos homens são egoístas e até um tanto suspeitas. Já estavam longe os dias nos quais os homens, pelo menos alguns deles, pelo menos aqui ou acolá, ainda amavam e estimavam uns aos outros sem pensar em contas a ajustar. Nestes novos tempos, todos, sem exceção — assim o velho repetia vezes sem fim a sua filha —, todos vivem armando golpes. Hoje todo mundo só procura um meio de arrebatar algumas migalhas da mesa do próximo. Ninguém, assim lhe ensinara sua longa vida plena de decepções, ninguém bate à sua porta a não ser que venha em busca de algum proveito, ou para obter alguma vantagem, ou pedir de favor algum benefício. Tudo hoje se faz calculada e intencionalmente, e na maioria das vezes é com intenção desprezível. "Por mim, Avigail, será melhor que cada um se digne a ficar em sua própria casa. O que tem aqui na nossa? É a praça municipal? Um salão público? Um seminário? E já que falamos disso, diga-me, por favor, para que precisamos aqui desse seu gói árabe?"

Rachel o corrigia:

"Eu sou Rachel. Não Avigail."

O velho calava-se imediata e totalmente, envergonhado e constrangido com seu engano e talvez um pouco arrependido de algumas coisas que dissera. Mas, ao cabo de cinco ou dez minutos, dirigia-se a ela numa voz infantil, num queixume, como que lhe puxando a manga:

"Rachel? Está doendo um pouco."

"O que está doendo?"

"O pescoço. Ou a cabeça. Os ombros, não, não é aí que está doendo, um pouco mais para baixo. Aí. Dói mais aí. Sim. O toque da sua mão faz milagres, Rachel."

E acrescentava encabulado:

"E apesar de tudo eu amo você, minha filha. Amo muito, muito."

E logo depois:

"Desculpe. Sinto muito tê-la entristecido. A cavação de noite não vai nos amedrontar. Da próxima vez vou descer ao porão armado com uma barra de ferro, haja o que houver. E não vou acordar você. Já incomodei você bastante. Já naquele tempo havia entre meus companheiros quem me chamasse de coisa ruim. Apenas na questão desse seu árabe, permita-me..."

"Pessach. Cale a boca de uma vez."

O velho piscava os olhos, obedecia e se calava, o bigode grisalho a tremer sobre seu lábio superior. E assim ficavam os dois sentados à mesa da varanda, na brisa noturna, ela de calças jeans e uma blusa de mangas curtas, ele em suas largas calças cáqui, sustentadas por suspensórios que se cruzavam sobre a camiseta, um homem de cervical encurvada com uma boina preta rota, nariz fino e um pouco adunco, lábios repuxados para dentro, mas com uma dentadura alva, jovem e perfeita, que em seus raros sorrisos brilhava embaixo do bigode como os dentes de uma bela modelo. Seu bigode, quando não eriçado de raiva, parecia macio, alvo, como se fosse de lãzinha. Mas, se a locutora do noticiário no rádio o irritava, ficava furioso e desferia com seu punho ossudo uma leve batida na mesa e proclamava:

"Imbecil! Uma completa imbecil!"

5.

Por ocasião das raras visitas dos professores da escola, de encanadores, eletricistas e outros profissionais, de Beni Avni, presidente do Comitê, ou de Miki, o veterinário, o velho se agitava como uma colmeia de abelhas enraivecidas, seus lábios finos se contraíam até lhe dar o aspecto de um vetusto inquisidor, retirava-se da sala e se entrincheirava em seu posto fixo de espionagem, atrás da porta da cozinha, entreaberta. Aqui, com um suspiro contido, sentava-se no banco de metal pintado de verde e esperava que o visitante se mandasse de uma vez. E enquanto isso ficava lá e tentava ouvir o que diziam Rachel e o veterinário, projetava para a frente seu pescoço enrugado como o de uma tartaruga a esticar a cabeça para fora de sua couraça esforçando-se por alcançar uma folha de alface, inclinava a testa para a frente e em diagonal para levar à fresta da porta sua orelha melhor.

"De onde", diz Rachel ao veterinário, "de onde, me diga, Miki, de onde você tira essas ideias?"

"Mas foi você quem começou com isso."

O riso de Rachel soa fino e frágil, como o tilintar de taças num brinde:

"Miki. Por favor. Não tente me pegar pela palavra. Você sabe ao que me refiro."

"Quando se irrita você fica ainda mais incrível."

E o velho, de seu esconderijo, em silêncio deseja aos dois uma febre aftosa.

Rachel diz:

"Observe, Miki, este filhote: não tem nem três semanas, ainda confunde as patas quando anda, tenta descer os degraus e rola por eles como uma bolinha de lã, e ainda me faz essa carinha de cortar o coração, cara de inocente sofredor, mas ele já sabe como se esconder de mim embaixo da almofada e me espiar de lá como um tigre de dentro da selva, seu corpinho se contrai um pouco e começa a balançar de um lado para outro, pronto para o bote, e até dá o bote, mas erra no cálculo da distância e se esparrama de barriga no chão. Dentro de um ano nenhuma gata em toda esta aldeia poderá resistir a seus encantos."

Ao que lhe responde o veterinário em sua voz espetada:

"Antes disso vou castrá-lo. Para que ele não seduza você também."

"E eu", murmura o velho em seu esconderijo atrás da porta da cozinha, "eu já já vou castrar você mesmo."

Rachel serve ao veterinário um copo de suco gelado, oferece-lhe frutas e biscoitos, enquanto ele brinca com ela do seu jeito grosseiro. Depois ela o ajuda a pegar três ou quatro gatos que já estão em época de tomar vacina. Miki põe uma das gatas numa gaiola, ele vai levá-la a sua enfermaria e amanhã a trará para casa enfaixada e esterilizada, e dois dias depois estará completamente restabelecida. Tudo isso com a condição de que Rachel lhe diga pelo menos uma palavra boa. Uma palavra boa era-lhe muito mais importante do que o dinheiro.

E o velho em seu esconderijo resmunga baixinho: Mas que patife sujo. Um médico de bestas muito besta.

O veterinário Miki tem um utilitário Peugeot que o velho teima em chamar de Fidjô. Com um *p* sem pontinho, como em "ilhas Fidji".* O cabelo gorduroso de Miki é preso num rabo de cavalo, e em sua orelha direita reluz um brinco. O brinco e o rabo de cavalo fazem ferver o sangue do ex-deputado Pessach Kedem: Mil vezes já preveni você, Rachel, quanto a este desgraçado, que até...

Mas Rachel, como sempre, interrompe a jornada admoestatória com uma reprimenda curta e seca:

"Pessach. Basta. Ele até é membro do seu partido."

Essas palavras despertam o velho para mais uma explosão de raiva:

"Meu partido? Meu partido morreu há muito tempo, Avigail! Primeiro alimentaram meu partido para depois o enterrarem como a um burro! E ele bem que o mereceu!" E assim continua em sua chamejante diatribe contra seus amigos mortos, os pseudoamigos, amigos entre aspas, aspas duplas e múltiplas, o companheiro Kishalon e companheiro Ki Kalon, os dois traidores que passaram a ser seus inimigos e perseguidores só porque ele ficara até o amargo fim solidário aos princípios que eles, por sua vez, haviam vendido por um prato de lentilhas em cada colina, sob cada árvore verdejante. O que restava agora desses pseudocamaradas, e também de todo o partido, era só depravação e podridão. A depravação e a podridão o velho fora buscar em Bialik, mas o próprio Bialik lhe causava repulsa: Em sua velhice, dizia, esse Bialik se transformou de nosso furioso profeta nacional num abastado dono de casa provinciano: aceitou ser o comissário de cultura de Meir Dizengoff, se não coisa pior. Agora

---

* Em hebraico, a letra *pê* com um pontinho dentro (פּ) tem som de "p", e sem o pontinho (פ) tem som de "f". Mas nenhuma palavra em hebraico começa com som de "f".

vamos voltar por um minuto a esse moleque asqueroso a ponto de não se poder encostar nele, esse bezerro gordo! Um bezerro com brinco na orelha! Uma argola de ouro no focinho de porco! Pretensioso! Falastrão! Barulhento! O seu pequeno estudante gói, até ele é cem vezes mais refinado que essa besta bestosa!

Rachel diz:

"Pessach."

O velho se cala, mas seu coração explode de tanta repulsa que lhe causa esse Miki, de traseiro volumoso, vestido com uma camiseta na qual está escrito em inglês "Venha, meu bem, vamos nos divertir". E de tanto desgosto com esses tempos ruins, nos quais não restou no mundo nenhuma afeição entre os homens, nenhum perdão, nenhuma compaixão e nenhuma benevolência.

Duas ou três vezes por ano Miki, o veterinário, vem à casa ao lado do cemitério para vacinar uma nova geração de gatos. É uma dessas pessoas que gostam de falar de si mesmas na terceira pessoa e de incluir em suas palavras seu próprio e carinhoso apelido: Então eu disse comigo mesmo, A esta altura Miki tem que se dar um jeito. Assim como está, simplesmente não vai dar. Um dente incisivo quebrado pela metade lhe dá um aspecto de um homem briguento e perigoso. Seus passos são preguiçosos mas ondulantes, como os de um predador sonolento. Seus olhos são cinza-claros, e às vezes por eles pulula um contido olhar pornográfico. Enquanto conversa, ele às vezes leva uma das mãos para trás e solta o pano da calça que ficou preso no sulco de seu traseiro.

O veterinário propõe a Rachel vacinar também o estudante árabe que mora num alojamento em sua casa. Apesar dessa proposta, ele se demora um pouco com o estudante depois de terminar sua tarefa, e até o vence numa partida de damas.

Fervilhava na aldeia todo tipo de fofoca sobre esse rapaz árabe que morava na casa de Rachel Franco, e Miki, o veterinário, esperava aproveitar essa oportunidade e o jogo de damas para farejar um pouco e captar algum sinal, alguma impressão do que se passava ali. E, embora não se tenham revelado a ele quaisquer descobertas, soube contar depois a seus ouvintes na aldeia que o jovem árabe era vinte ou vinte e cinco anos mais moço que Rachel, poderia facilmente ser seu filho, morava numa cabana no quintal, mas ela lhe dispusera uma escrivaninha e uma estante de livros: *Inteliguent*... E o veterinário ainda soube contar na aldeia que Rachel e o rapaz, como dizer, não eram exatamente indiferentes um ao outro: não, ele não os vira de mãos dadas ou algo assim, mas vira que o rapaz pendurava a roupa lavada dela para secar no varal que ficava no quintal atrás da casa. Até mesmo as calcinhas e o sutiã dela.

6.

Vestido com uma camiseta e uma cueca grande, o velho está de pé no banheiro, as pernas muito abertas. De novo esquecera de trancar a porta. De novo esquecera de levantar o assento do vaso antes de urinar. Ele agora se debruça sobre a pia, lava e esfrega furiosamente o rosto, os ombros, a nuca, molhando tudo em volta como um cão que se sacode todo para se livrar da água, ronca e gargareja sob a água que corre da torneira aberta, aperta com força a narina esquerda para esvaziar na pia a narina direita, troca de lado e pressiona brutalmente a narina direita para esvaziar a esquerda, pigarreia, escarra quatro ou cinco vezes até que o catarro é arrancado de seu peito e se gruda na parede da pia, e por fim ele se enxuga vigorosamente com uma toalha grossa, como se esfregasse uma frigideira depois da fritura.

Depois da esfregação ele veste uma camisa, erra os botões,

enfia na cabeça sua boina de tanquista preta e rota, por um momento fica parado e hesitante no corredor, a cabeça a pender para a frente num ângulo quase reto, mastiga em silêncio a própria língua. Depois disso ele de novo sai para retomar suas perambulações por todos os cômodos da casa, desce para procurar no porão algum sinal das cavações noturnas que lá têm lugar, amaldiçoa os operários-cavadores que conseguiram apagar todo sinal de suas incursões noturnas, ou talvez a escavação seja mais profunda, debaixo do piso do porão, entre os alicerces da casa, embaixo daquela terra pesada. Do porão ele sobe para a cozinha e de novo desce pela porta da cozinha para fora, para o quintal, por entre os telheiros abandonados, e caminha com passos coléricos até a extremidade mais afastada do quintal. Ao voltar encontra Rachel à mesa da varanda, debruçada sobre os trabalhos de seus alunos. Ainda nos degraus ele lhe diz:

"Mas, por outro lado, eu mesmo sou bastante abominável. Saiba disso. Então para que esse veterinário? Um só abominável não lhe é suficiente?"

Depois ele continua e diz com mágoa, na terceira pessoa, como se Rachel não estivesse presente:

"De vez em quando preciso de um pedacinho de chocolate, para adoçar um pouco a desventura da vida, e ela esconde de mim o chocolate como se eu fosse um ladrão. Ela não entende nada. Pensa que preciso do chocolate por puro dengo. Não e não! Preciso porque o corpo já parou de produzir doçura. Já não tenho açúcar suficiente no sangue e nos tecidos. Ela não entende nada! É tão cruel! Muito cruel!"

E depois ainda, ao chegar à porta de seu quarto ele para, vira-se e lança sobre ela:

"E todos esses gatos só trazem doenças! Pulgas! Micróbios!"

7.

O estudante árabe era filho de um dos velhos amigos de Dani Franco, o marido de Rachel que morrera no dia de seu quinquagésimo aniversário. Qual era a natureza da amizade entre Dani Franco e o pai de Adel? Rachel não sabia, e o estudante não falava sobre isso. Talvez também não soubesse.

Certa manhã, no verão passado, ele apareceu aqui, apresentou-se e perguntou envergonhado se poderia alugar um quarto na casa. Isto é, não exatamente alugar. E não exatamente um quarto, pois ele não tinha tanto assim para lhe pagar. Dani, de abençoada memória, fora um homem admirável, havia dois anos propusera ao pai de Adel instalar o garoto em uma das cabanas, uma das construções espalhadas no terreno que fora um dia um sítio, porque o sítio já fora abandonado, e todas as cabanas e telheiros estavam vazios. Ele, Adel, viera agora perguntar se aquele convite de dois anos atrás ainda estava de pé. Ou seja, se um dos telheiros ainda estava vago para ele agora. Em retribuição ele estava pronto, por exemplo, a limpar o quintal dos espinheiros ou a ajudar um pouco nas tarefas domésticas. A questão era a seguinte: além de seus estudos na universidade, que interrompera por um ano, ele tinha a intenção de começar a escrever um livro. Algo sobre a vida numa aldeia judaica em comparação com a vida numa aldeia árabe, pesquisa ou romance, ainda não decidira exatamente, e por isso era-lhe necessário — era-lhe conveniente — isolar-se aqui por algum tempo, na extremidade da aldeia de Tel Ilan. Ele se lembrava da aldeia, com todos os vinhedos e pomares de fruta e a paisagem dos montes de Menashé, de uma visita que fizera, com seu pai e suas irmãs, ao querido Dani, de abençoada memória; o querido Dani de abençoada memória os convidara a passar aqui quase um dia inteiro, será que Rachel por acaso ainda se lembra daquela visita? Não?

Claro que não se lembra, e não tem, é claro, nenhum motivo especial para se lembrar. Mas ele, Adel, não esqueceu e nunca esquecerá. Sempre esperou voltar um dia à aldeia de Tel Ilan. Voltar a esta casa que fica junto aos altos ciprestes do cemitério, a esta tranquilidade de vocês, muito mais tranquilidade do que em nossa aldeia, que já deixou de ser uma aldeia e virou uma cidadezinha cheia de lojas e oficinas e estacionamentos poeirentos. Por causa da beleza deste lugar, sonhava voltar aqui. E por causa do silêncio sonhava voltar aqui. E por causa de algo mais que ele, Adel, não sabe dizer o que é, mas talvez exatamente no livro que pretende escrever aqui possa definir o que ainda não consegue definir. Talvez escreva sobre as grandes diferenças entre uma aldeia judaica e uma aldeia árabe, a aldeia de vocês nasceu de um sonho e de um projeto e nossa aldeia não nasceu, e sim sempre esteve lá, mas algo nelas assim mesmo se parece. Também temos sonhos. Não. Toda comparação é sempre um tanto falsa. Mas aquilo de que ele gosta aqui, isso, para ele, não é falso. Ele também sabe fazer pepino em conserva e preparar geleias de frutas. Quer dizer, se aqui houver necessidade dessas coisas. Também tem experiência em pintura de parede e até no conserto de telhados. E na criação de abelhas, se vocês por acaso quiserem reviver os dias passados, como se diz entre os judeus, e começar aqui um pequeno apiário. Sem fazer barulho e sem deixar nenhuma sujeira. E nas horas vagas ele se prepararia para os exames e começaria a escrever o livro.

8.

Adel era um rapaz encurvado, tímido, mas também falastrão, usava óculos pequenos demais, como se os tivesse tirado de um menino ou como se os preservasse desde sua infância. Esses óculos estavam amarrados num cordão e revelavam uma frequente tendência a embaçar na umidade, o que o obrigava a limpá-los e a tornar a limpá-los na manga da blusa que ele sempre vestia sobre amarfanhadas calças jeans. Em sua bochecha esquerda tinha uma covinha que lhe emprestava um ar infantil um pouco envergonhado. Só se barbeava no queixo e ao lado das orelhas, pois o resto de seu rosto ainda era liso e imberbe. Os sapatos pareciam grandes demais para a medida de seus pés e grosseiros demais para sua figura, sapatos que imprimiam na poeira do quintal estranhas pegadas de brutamontes. Quando irrigava as árvores frutíferas, esses seus sapatos deixavam na lama grandes cavidades que se enchiam de água turva. As unhas de suas mãos eram roídas, e as palmas eram ásperas e avermelhadas como se fosse de frio. As linhas de seu rosto eram finas e delicadas, com exceção do lábio inferior, que era grosso. Quando fumava, sugava com força o cigarro, suas bochechas se aprofundavam e por um instante seu crânio parecia desenhar-se por baixo da pele.

Adel andava pelo quintal com um chapéu de palha van-goghiano e um semblante de tristeza e de espanto, seus ombros sempre cobertos por uma fina camada de caspa. Em geral fumava distraidamente, como se esquecesse de que estava fumando: acendia um cigarro, aspirava três ou quatro tragadas profundas a ponto de afundar suas bochechas, e deixava o cigarro aceso sobre o corrimão da cerca ou o peitoril da janela, meditava um pouco, esquecia o cigarro aceso e acendia outro. Tinha sempre um cigarro reserva enfiado em diagonal atrás da orelha. Fumava muito, mas sempre como que com repulsa ou náusea, como se o enojassem a fumaça e o cheiro do fumo, como se o fumante fosse outra pessoa, a lhe soprar fumaça no rosto. E, além do mais, desenvolveu relações especiais com os gatos de Rachel: conversava com eles longamente e com seriedade, sempre em árabe e sempre em voz baixa, como se trocassem segredos.

Àquele que fora membro da Knesset, Pessach Kedem, esse estudante não agradava: Vê-se nele, dizia o velho, logo se vê que ele nos odeia, mas esconde o ódio com adulação. Todos eles nos odeiam. E como poderiam não odiar? Eu, no lugar deles, também nos odiaria. Na verdade, não só no lugar deles. Mesmo sem estar no lugar deles eu nos odeio. Acredite-me, Rachel, que nós, se se olha para nós um pouco de fora, vê-se que só merecemos ódio e desprezo. E talvez também um pouco de pena, mas a pena não pode nos vir do lado dos árabes, eles mesmos precisam de toda a pena do mundo.

Só o diabo sabe, dizia Pessach Kedem, o que traz aqui esse estudante-não-estudante. Pois como é que você pode saber se ele é mesmo um estudante? E você examinou os documentos dele antes de nós o adotarmos? E você leu os trabalhos dele? Ou o fez passar por uma prova escrita ou oral? E quem lhe diz que não é ele quem cava a terra debaixo da casa noite após noite, procurando algum objeto, algum documento ou evidência antiga que prove que esta propriedade já pertenceu aos avós de seus avós? E será que ele não veio com a intenção de exigir para si o direito de retorno, exigir a posse do quintal e da casa em nome de algum avô ou avô de avô que talvez tenha morado sobre esta terra no tempo dos otomanos? Ou dos cruzados? Primeiro vai se instalar aqui conosco como uma espécie de hóspede não convidado, nem bem um morador, nem bem um empregado, de noite vai cavar debaixo dos alicerces da casa até as paredes se abalarem, e depois exigirá de nós a posse? A propriedade total? O direito hereditário? Até que você e eu, Rachel, nos encontremos de repente jogados aos cães? De novo tem moscas que não acabam mais na varanda e moscas também em meu quarto. São os seus gatos, Avigail, que nos trazem todas essas moscas. De qualquer maneira seus gatos já são os donos de toda a casa. Eles e o gói árabe e também aquele seu veterinário abominável. E nós o quê,

Rachel? Que somos nós, diga-me, por favor. Não? Não vai dizer? Então vou-lhe dizer eu, minha querida: uma sombra passageira. É tudo que somos. Uma sombra passageira. O dia de ontem que já passou.

Rachel o fez se calar.

Mas depois de um momento encheu-se de pena e tirou do bolso do avental dois quadradinhos de chocolate embrulhados em papel prateado:

"Tome, papai. Pegue. Coma. Só me dê um pouco de sossego."

9.

Dani Franco, que morrera no dia de seu quinquagésimo aniversário, era também muito sensível e de choro fácil. Lacrimejava em casamentos e caía em pranto com os filmes exibidos na Casa de Cultura da aldeia. A pele de seu pescoço era fina e enrugada, lembrando o papo de um peru. Falava com um *rêsh* brando, quase salivar, que parecia um *chêt*.* E que dava a seu falar uma vaga ressonância de sotaque francês, embora soubesse pouco de francês. Era um homem quadrado, de ombros largos, mas com pernas finas demais: como um guarda-roupa sobre pés de palito. Costumava abraçar seus interlocutores, e facilmente abraçava também pessoas estranhas, batia com força em seus ombros, em seu peito, entre as costelas, na nuca, frequentemente batia também em suas próprias coxas, ou desferia no outro um leve e amigável soco no ventre.

Se alguém elogiava sua criação de novilhos, a omelete que

---

* A consoante hebraica *resh* corresponde a "r", *chet* a um "ch" em alemão, mas emitido no céu da boca e não na garganta.

fazia, a beleza do pôr do sol na janela de sua casa, seus olhos logo ficavam úmidos de gratidão pelo elogio.

Sob a fluência de sua fala sobre qualquer assunto — o futuro da criação de novilhos, a política do governo, o coração da mulher, o motor do trator —, jorrava sempre uma torrente de alegria que não precisava de nenhum pretexto ou razão. Até mesmo em seu último dia, dez minutos antes de sua morte por parada cardíaca, ainda estava junto à cerca do quintal e brincava com Iossi Sasson e com Arie Tselnik. Entre ele e Rachel reinava na maior parte do tempo aquele armistício tão comum entre casais depois de longos anos de casamento, depois que a briga e a ofensa e as separações temporárias já ensinaram os dois a medir com cuidado cada pisada e a contornar o campo cheio de minas sinalizadas. A rotina desse cuidado era, vista de fora, quase igual a uma mútua transigência e até deixava espaço para uma espécie de tranquila amizade, do tipo daquelas amizades que se desenvolvem às vezes entre os soldados de dois exércitos inimigos que ficam frente a frente à distância de poucos metros numa longa guerra de trincheiras.

Era assim que Dani Franco comia uma maçã: por algum tempo envolvia com sua mão a maçã e a observava bem, até encontrar o melhor lugar para cravar os dentes, e de novo se detinha a examinar a maçã ferida, e de novo a atacava, desta vez em outro lugar.

Após sua morte Rachel desistiu de explorar o sítio, os galinheiros foram fechados, os novilhos vendidos, e o pinteiro foi transformado em depósito. Rachel continuou a irrigar as árvores frutíferas que Dani Franco plantara no quintal, macieiras e amendoeiras, duas figueiras empoeiradas, duas romãzeiras e uma oliveira. Mas deixou de podar os galhos velhos, que subiram e se agarraram às paredes da casa, cobriram o telhado e sombrearam a varanda. Os telheiros e os barracões foram abandonados e se encheram de velharias e de poeira. Rachel vendeu os direitos de exploração do terreno no declive da colina e os de uso da água da propriedade agrícola extinta, vendeu também a casa de seus pais em Kiriat Tivon e trouxe para casa seu colérico pai. Com o dinheiro de todas essas vendas adquiriu um pacote de ações e o status de sócia não ativa de uma pequena firma que fabricava remédios e suplementos alimentícios saudáveis. E Rachel Franco recebia dessa firma um salário mensal, além do salário por seu trabalho como professora de literatura na escola Searas de Tel Ilan.

10.

Apesar de seu corpo fraco e seus ombros frágeis, Adel, o estudante, encarregou-se de mondar os espinheiros que depois da morte de Dani haviam se espalhado por todos os cantos do terreno. Também cultivou, por iniciativa própria, um pequeno canteiro de verduras junto ao caminho que levava do portão aos degraus da entrada, podou e irrigou a cerca viva que crescia sem controle, cuidou das espirradeiras bordô e dos gerânios que cresciam na frente da casa, ofereceu-se para arrumar e limpar o porão, e encarregou-se da maioria das tarefas caseiras: lavava as lajotas, pendurava roupa para secar, passava blusas e lavava louça. Até renovou a pequena carpintaria caseira de Dani Franco: conseguiu lubrificar, afiar e fazer funcionar a serra elétrica. Rachel comprou-lhe um alicate novo para substituir o velho, que enferrujara, tábuas, pregos, parafusos e cola de carpinteiro. Em suas horas livres o estudante montou para ela estantes e alguns banquinhos, renovou gradualmente as estacas da cerca e até retirou o portão antigo e quebrado, e pôs em seu lugar um novo, que pintou de verde. Era um portão leve, e devido às molas que

Adel instalara suas duas abas oscilavam atrás de quem passava, indo e vindo cinco ou seis vezes antes de se acalmarem e se fecharem sozinhas maciamente, sem barulho.

Nas longas noites de verão o estudante sentava-se sozinho nos degraus de sua cabana, que já fora um criador de pintos, a fumar e a escrever anotações num caderno que apoiava num livro fechado sobre seus joelhos unidos. Na cabana Rachel lhe arrumara uma cama de ferro com um colchão velho, uma cadeira e uma carteira escolar, uma chapa elétrica e uma pequena geladeira, na qual Adel guardava um pouco de verdura, queijo, uma cartela de ovos e uma caixa de leite. Até as dez ou dez e meia ficava sentado nos degraus de sua cabana à luz amarela de uma lâmpada, uma poeira de serragem dourada a pairar em torno de sua cabeça escura, a pele exalando um cheiro de suor de homem jovem misturado com o forte aroma alcoólico de cola de carpinteiro.

E às vezes, após o pôr do sol, ele ficava lá sentado tocando sozinho uma gaita de boca, na penumbra ou à luz da lua.

O velho ficava olhando da varanda para ele e resmungava:

"Lá está ele de novo a se derramar em suas monodias orientais. Com certeza com saudades de nosso país e de nossa terra, que eles nunca desistirão de nos negar."

Ele não sabia mais do que cinco ou seis melodias, e não se cansava de repeti-las, outra e outra vez. Às vezes parava de tocar e descansava imóvel em seu lugar, no degrau superior, as costas apoiadas na parede da cabana, a pensar ou a dormitar sentado. Mais ou menos às onze horas levantava-se e ia para dentro. A luz sobre sua cama continuava acesa mesmo depois que Rachel e seu pai já haviam apagado o abajur em seus respectivos quartos e se deitado para dormir.

"Às duas da manhã, quando recomeçaram as cavações embaixo dos alicerces da casa", disse o velho, "levantei e fui ver se a luz desse goizinho estava acesa. Não havia luz alguma. Pode ser que a tenha apagado e adormecido, mas também é bem possível que tenha apagado e descido para cavar embaixo de nós." Adel preparava suas próprias refeições: pão preto com fatias de tomate e azeitonas, pepino, cebola e pimentão verde com quadradinhos de queijo duro e salgado ou com sardinhas, um ovo duro, abobrinha ou berinjela cozidos em alho e molho de tomate. E completava com sua bebida preferida, que preparava numa encardida vasilha de lata: água quente com mel, folhas de sálvia e de cravo ou com pétalas de rosa.

Por vezes Rachel o olhava da varanda, sentado em seu degrau de sempre, as costas apoiadas na parede da cabana, o caderno sobre os joelhos, a escrever, parar, refletir, anotar algumas palavras e de novo parar e meditar, escrever mais uma ou duas linhas, levantar-se e circundar a passos lentos o quintal para fechar um aspersor ou para alimentar os gatos ou espalhar um punhado de grãos de sorgo na frente dos pombos. Porque Adel também havia instalado um pombal no fundo do quintal. Depois voltava e sentava em seu degrau, tocava na gaita as cinco ou seis melodias, uma após outra, tirando sons prolongados e tristes, de tocar o coração, e cuidadosamente enxugava a gaita na fralda da camisa e a guardava no bolso. E de novo se debruçava sobre o caderno.

Rachel Franco também escrevia de noite: três ou quatro vezes por semana, durante quase todo aquele verão, ela e seu velho pai sentavam-se na varanda da casa, dos dois lados da mesa coberta com um encerado florido. O velho falava sem parar, e Rachel, apesar de frequentemente torcer os lábios, anotava o que ele dizia, os episódios de suas memórias.

11.

"Tabenkin", diz Pessach Kedem, "você, é melhor que não me pergunte nada sobre Tabenkin (ela não havia perguntado). Já na velhice Tabenkin resolveu se fantasiar de *Admor* dos *chassidim:* deixou crescer uma longa barba até os joelhos e começou a divulgar as regras da religião. Mas não quero falar com você sobre ele, nem uma palavra. Boa ou má. Ele foi um fanático, e não dos menores, pode me acreditar, e também era um dogmático. Um homem cruel e agressivo. Até sua mulher e seus filhos ele maltratou durante anos. Mas o que tenho a ver com ele? Não tenho o que dizer dele. Nem com tortura você vai conseguir arrancar de mim uma só palavra má sobre Tabenkin. Tampouco uma palavra boa. Apenas escreva, por favor, com exatidão, em suas anotações: Pessach Kedem prefere guardar silêncio total sobre todo o episódio da grande discórdia que houve entre ele e Tabenkin em 1952. Anotou? Assim como eu disse? Palavra por palavra? Então faça-me o favor de acrescentar o seguinte: Sob o ponto de vista moral, o Poalei Tsion estava pelo menos dois ou três degraus abaixo do Hapoel Hatsair.* Não, apague isso, por favor. Em vez disso escreva: Pessach Kedem não vê mais nenhum interesse em abordar a questão da discórdia entre o Poalei Tsion e o Hapoel Hatsair. O que já passou não dá para consertar agora. E, além do mais, a realidade contestou os dois, e provou a quem quer que não seja fanático ou dogmático o quanto os dois erraram e o quanto eu tive razão naquela discórdia. É com toda a modéstia que eu o afirmo e com toda a objetividade: tive razão na questão em que os dois erraram. Não. Apague por favor

---

* Esses dois partidos sionistas de esquerda, Poalei Tsion e Hapoel Hatsair, juntaram-se em 1919 para formar o Achdut Haavodá, do qual Tabenkin era um dos líderes, e pelo qual, pelo que a história induz, Pessach Kedem foi deputado na Knesset.

a palavra *erraram* e anote em seu lugar: *cometeram um crime*. E ao crime somaram um pecado ao se voltarem contra mim com argumentos vãos e com todo tipo de blá-blá-blá. Mas a realidade em pessoa, a realidade objetiva, veio e provou curto e grosso o quanto eles me prejudicaram e negligenciaram. E, mais que todos, fui prejudicado e negligenciado pelo *chaver* Kishalon e pelo *chaver* Ki Kalon, os paus-mandados de Tabenkin. Ponto. Parágrafo. E olhe que houve um tempo, em nossa juventude, em que eu gostava dos dois. Até de Tabenkin eu gostava às vezes, antes de ele se tornar um *Admor*. E eles também gostavam um pouco de mim. Sonhávamos consertar a nós mesmos, consertar o mundo inteiro. Amávamos as colinas e os vales e até mesmo o deserto amávamos um pouco. Onde estávamos, Rachel? Como despencamos até aqui? Onde estávamos antes?"

"Na barba de Tabenkin, eu acho." Ela encheu o copo dele com Coca-Cola: ultimamente ele passara a gostar desse refrigerante a ponto de substituir por ele tanto o chá quanto a limonada. Mas o velho teimava em chamá-lo de *Coca-Coca*, e não adiantaram as correções de sua filha. O partido Poalei Tsion em sua boca soava *Poile Tsien*, e o Hapoel Hatsair virou *Hapoile Tsuir*. Quando se referia a si mesmo em terceira pessoa pronunciava "Peissach Keidem".* Quanto à Coca-Cola, teimava em deixar a bebida a esperar no copo um longo tempo, até que sumiam todas as bolhas, e só então levava o copo a seus lábios rachados.

"E o seu estudante?", disse o velho de repente, "O que você acha? Ele com certeza odeia Israel."

"Por que você diz isso? O que ele lhe fez?"

"Ele não fez nada. Ele só não gosta muito de nós. Isso é tudo. E por que gostaria de nós?"

E ao cabo de um instante acrescentou:

---

* Essas formas de pronúncia são típicas do falante de ídiche ao dizer palavras em hebraico.

"Eu também não gosto de nós. Simplesmente não há do que gostar."

"Pessach. Acalme-se. Adel mora e trabalha conosco. Isso é tudo. E paga sua moradia com trabalho."

"Errado!", irritou-se o velho, "totalmente errado! Ele não trabalha conosco! Ele trabalha em nosso lugar! E em troca ele cava de noite embaixo dos alicerces ou no porão."

E depois acrescentou:

"Apague, por favor. Não anote nada disso. Não escreva nem o que falei contra o gói nem o que falei contra Tabenkin. É que Tabenkin no fim de seus dias já estava meio desligado, era um *over-batel* total." (E as palavras hebraicas para "desligado", *overbatel*, ele falou na pronúncia ídiche, *oiver-botl*.)

E acrescentou:

"Aliás, até o próprio nome ele falsificou. O *oilem-goilem*, a plebe ignara se impressionou com esse nome, Tabenkin, Ta-ben-kin! São três marteladas proletárias, assim como Shal-ia-pin, como marechal Bul-ga-nin! Mas a verdade é que seu nome original, o nome de família, era simplesmente Toibenkind, Itchale Toibenkind, ou seja, Itchale filho de um pombo. Mas esse filho de um pombo queria ser Molotov! Stálin! O Lênin hebreu, ele queria ser. Por favor, não tenho o menor interesse em falar dele. Nem uma palavra. Seja boa seja ruim. Nem uma palavra sequer. Anote, por favor, Avigail: Pessach Kedem passa por Tabenkin num silêncio total. O bom entendedor entenderá."

Em torno da luminária da varanda juntavam-se pequenas moscas, mariposas noturnas, mosquitos e libélulas. De longe, da direção das colinas, dos pomares e dos vinhedos, uivava um chacal desesperado. E em frente, diante da cabana iluminada por uma fraca lâmpada amarela, Adel levantou-se de seu degrau num movimento lento, espreguiçou-se, enxugou sua gaita numa toalhinha de pano, inspirou profundamente três ou quatro vezes como querendo reunir dentro de seu estreito peito todos os espaços da noite, e entrou na cabana. Grilos, sapos e aspersores cricrilavam como se respondessem ao longínquo chacal, ao qual se juntou todo um coro de chacais, mais perto, na direção das trevas do uádi.

Rachel disse:

"Está começando a ficar tarde. Quem sabe paramos nós também e vamos para dentro de casa?"

Seu pai disse:

"Ele fica bicando debaixo do porão porque simplesmente não gosta de nós. E por que gostaria? Em troca de quê? De todas as nossas vilezas? De nossa crueldade e arrogância? De nossa probidade?"

"Quem é que não gosta de nós?"

"Ele. O gói."

"Pai. Basta. Ele tem nome. Por favor, chame-o pelo nome. Você fala dele como se fosse o último dos antissemitas."

"O último dos antissemitas ainda não nasceu. E não nascerá jamais."

"Vem dormir, Pessach."

"Eu também não gosto dele. Não gosto nada nada dele. Não gosto de nada daquilo que eles nos causaram, e causaram a si mesmos. E é claro que não gosto daquilo que eles ainda querem nos fazer. Você, ele olha com um olhar faminto; e a mim, com um olhar de desdém."

"Boa noite, vou dormir."

"E daí que não gosto? De qualquer maneira ninguém gosta de ninguém."

Rachel disse:

"Boa noite para você. Não se esqueça de tomar os remédios antes de dormir."

"Uma vez, há tempos, antes de tudo, talvez em um ou outro lugar, ainda se gostava um pouco. Não todos. Não muito. Não sempre. Só um pouquinho aqui, um pouquinho ali, gostavam um pouco. Mas agora? Em nossos tempos? Agora todos os corações já morreram. Acabou."

"Tem mosquitos, pai. Quem sabe você fecha de uma vez essa porta?"

"Por que morreram todos os corações? Talvez você saiba. Não?"

12.

Naquela mesma noite, às duas ou duas e meia, quando de novo acordou ouvindo pancadas, roeduras e cavações, o velho levantou-se da cama (dorme sempre de ceroulas), tateou e encontrou a lanterna que preparara antecipadamente, e a barra de ferro que achara em um dos barracões; seus pés, tateando no escuro como uma dupla de mendigos cegos, procuraram durante algum tempo os chinelos. Até que o velho desistiu deles e saiu descalço para o corredor, apalpando no escuro com mão trêmula as paredes e os móveis, a cabeça jogada para a frente num ângulo de *nun* em fim de palavra. Quando finalmente encontrou a porta do porão e a puxou (apesar de a porta se abrir empurrando, e não puxando), a barra de ferro escorregou de sua mão e caiu no seu pé e no chão com um abafado som metálico que não acordou Rachel, mas fez silenciarem subitamente os ruídos da escavação.

O velho acendeu a lanterna, curvou-se com um gemido e levantou a barra de ferro. Seu corpo entortado projetava três ou quatro sombras distorcidas nas paredes do corredor, no chão e na porta do porão.

Ficou ali uns três ou quatro minutos, a barra embaixo do

braço, a lanterna em uma das mãos, a outra a puxar a porta do porão, atento até o máximo de sua capacidade de atenção; e, como o silêncio era completo e profundo, e só o som dos grilos e sapos o pontuavam, reconsiderou e resolveu voltar para a cama e tentar de novo na noite seguinte.

De madrugada Pessach Kedem acordou outra vez, ergueu o tronco e ficou sentado na cama, mas não estendeu a mão para a lanterna ou a barra porque um total silêncio enchia o vazio da noite. Durante algum tempo o velho ficou sentado, muito atento àquela profunda quietude. Até os grilos haviam se calado. Apenas uma brisa muito leve penetrava as copas dos ciprestes na fronteira com o cemitério, mas o som dessa brisa era mais delicado do que a capacidade auditiva de Pessach Kedem, e ele se encolheu e adormeceu.

13.

Na manhã seguinte, antes de ir para a escola, Rachel saiu para recolher do varal as calças do velho. Junto ao pombal esperava Adel, em seus óculos de menino, pequenos demais para ele, com seu sorriso tímido que lhe fazia uma covinha na bochecha e usando seu chapéu de palha van-goghiano:

"Rachel, me desculpe. Só um minuto."

"Bom dia, Adel. Não se esqueça hoje, se não for difícil para você, de endireitar a lajota torta no começo do caminho. Alguém ainda pode tropeçar ali."

"Está bem, Rachel. Mas eu queria lhe perguntar: o que foi isso durante a noite?"

"De noite? O que houve de noite?"

"Pensei que talvez você soubesse. Pessoas vêm trabalhar aqui no pátio de noite?"

"Trabalhar? De noite?"

"Você não ouve nada? Às duas da manhã? Ruídos? Enxadas? Você deve ter um sono muito pesado."

"Que tipo de ruídos?"

"Ruídos lá de baixo, Rachel."

"Você teve um sonho, Adel. Quem viria cavar debaixo de sua cabana no meio da noite?"

"Não sei. Pensei que talvez você soubesse."

"Você sonhou. Lembre-se de consertar hoje a lajota, antes que Pessach tropece nela e caia."

"Estou pensando, quem sabe seu pai não fica vagando por aí de noite? Talvez ele já não consiga dormir. Talvez ele se levante de noite, pegue uma enxada e fique cavando algo aí embaixo."

"Não diga bobagens, Adel. Ninguém fica cavando. Você sonhou."

Ela se afastou em direção à casa, levando a roupa que recolhera da corda, mas o estudante continuou mais um ou dois minutos ali a olhá-la por trás, enquanto ela se afastava. Depois tirou os óculos e esfregou as lentes na fralda da blusa. E então voltou-se e caminhou em seus sapatos grandes demais em direção aos ciprestes e encontrou no caminho um dos gatos de Rachel, e se inclinou e disse ao gato cinco ou seis frases em árabe, com seriedade, como se coubesse a ambos — a ele e ao gato — uma nova e grave responsabilidade.

14.

O ano letivo aproximava-se do fim. O verão avançava e ganhava força. A luz azulada se transformara, ao meio-dia, numa luminosidade branca e ofuscante que pairava sobre os tetos da aldeia e pesava nos quintais e nos pomares, nos telheiros de lata pintados de branco e nas cerradas venezianas de madeira. Os moradores ficavam o dia inteiro dentro de casa, e só ao entardecer saíam para a varanda e o jardim. As tardes-noites eram quentes e úmidas. Rachel e seu pai dormiam toda noite com as janelas e as persianas abertas. Os latidos no escuro de cães distantes despertavam bandos de chacais para seus lamentosos uivos, da direção do uádi. Para além das colinas ressoavam às vezes os ecos de tiros longínquos. Um coro de grilos e de sapos carregava o ar noturno com uma espécie de peso opaco e monótono. Adel levantava-se à meia-noite e saía para fechar os aspersores no quintal. E, como o calor o impedia de adormecer, ficava sentado em seus degraus e fumava mais dois ou três cigarros.

Havia ocasiões em que Rachel se enchia de raiva e de impaciência com o pai, com a casa e o quintal, com essa aldeia tediosa, com sua vida que ia se desperdiçando aqui, entre alunos bocejantes e a opressão de seu velho. Até quando ficaria aprisionada neste lugar? Ela poderia um belo dia levantar-se e ir embora de repente, deixar o velho aos cuidados de uma acompanhante profissional, a casa e o quintal nas mãos do estudante, poderia voltar à universidade e completar finalmente sua pesquisa sobre os momentos de inspiração e revelação nas obras de Izhar e de Kahana-Karmon, poderia reatar antigos relacionamentos, viajar para longe, para Osnat em Bruxelas, para If'at na América, poderia se renovar, mudar toda sua vida. Às vezes se assustava ao se surpreender sonhando acordada com um acidente caseiro do qual o velho era a vítima: um tropeção, eletricidade, gás.

Toda noite, Rachel Franco e o ex-deputado Pessach Kedem costumavam sentar na varanda, para onde arrastavam um ventilador de pé com um fio de extensão. Rachel debruçava-se sobre os cadernos de seus alunos, e o velho folheava alguma revista ou algum periódico, virava as folhas para a frente e para trás, irritava-se, resmungava, fungava e xingava os coléricos e os ignorantes. Ou, ao contrário, repudiava a si mesmo, chamando-se de homem impiedoso e cruel, e resolvia consigo mesmo que iria pedir em breve, por escrito, desculpas e perdão a Miki, o veterinário: por que o destratei? Por que motivo quase o expulsei de casa na semana passada? Ele, que pelo menos pratica honestamente sua profissão? Eu mesmo poderia ter sido um médico de animais em vez de um ativista político, e teria feito algo de útil, talvez, de tempos em tempos, diminuindo um pouco essa carga de dor em volta de nós.

Às vezes o velho cochilava de boca aberta, com respiração ruidosa e sibilante, seu branco bigode de lãzinha a se mover e estremecer como se abrigasse uma vida oculta. Quando Rachel acabava com a pilha de trabalhos dos alunos, às vezes abria o caderno marrom de memórias e anotava as palavras do pai, sua versão sobre os detalhes da trágica discórdia entre a maioria e a facção B do partido, ou a descrição do posicionamento dele nos dias da grande cisão, de como tinha razão e de como haviam errado os falsos profetas de todos os tipos, e de como tudo poderia ter terminado de maneira totalmente diferente se ao menos os dois lados o tivessem ouvido.

Sobre os barulhos noturnos não falavam mais. O velho já resolvera consigo mesmo surpreender os cavadores em plena ação, e Rachel já tinha sua própria explicação para o que perturbava o sono do pai e também o de Adel: um era meio surdo, ouvia ruídos dentro da cabeça; o outro, um rapaz nervoso, talvez também um pouco neurótico, de imaginação farta. Pode ser, supunha Rachel, que realmente nas horas avançadas da noite cheguem até aqui alguns sons distantes, de um dos terrenos vizinhos: pode ser que estejam ordenhando vacas, e os ruídos da máquina de ordenhar, e os ruídos metálicos do portão de ferro que se abre e se fecha à passagem das vacas no estábulo se pareçam, nessas noites opressivas de verão, com ruídos de cavação. Ou talvez ouçam dormindo o ronco dos canos de esgoto embaixo da casa, que já são muito velhos.

E numa das manhãs seguintes, quando Adel estava diante da tábua de passar no quarto de Rachel passando camisas, o velho de repente o assediou, a cabeça pendendo para a frente num ângulo quase reto, como a cabeça de um touro tentando chifrar, e começou a interrogá-lo:

"Estudante, hein? Que tipo de estudante você é, afinal?"

Adel respondeu com calma:

"Estudante de ciências humanas."

Pessach Kedem disse:

"Ciências humanas. As ciências do espírito.* Mas que espírito? Espírito de porco? Espírito de contradição? Espírito maligno? Espírito das trevas? E, se você supostamente é um estudante de ciências humanas, por que, se você me permite perguntar, por que então está aqui conosco em vez de estar na universidade?"

"Tranquei a matrícula. Eu queria um tempo. Estou tentando escrever um livro sobre vocês."

"Sobre nós?"

"Sobre vocês e sobre nós. Uma comparação."

"Comparação, que espécie de comparação? O que tem aqui para comparar? Comparar para demonstrar que nós somos os ladrões e vocês os roubados? Mostrar nossa cara feia?"

"Não tão feia assim. Talvez mais, assim, infeliz."

"E a cara de vocês, o quê? Não é infeliz? É bonita? Irretocável? Uma cara com alto grau de santidade e pureza?"

"É infeliz também."

"Então não há qualquer diferença entre nós e vocês? Se é assim, então por que você fica aqui escrevendo uma comparação?"

---

* Em hebraico, "ciências humanas" é *madaei haruach*, ou seja, "ciências do espírito".

"Tem alguma diferença."

"Que diferença?"

Adel dobrou meticulosamente uma camisa passada, colocou-a com cuidado sobre a cama, estendeu outra camisa sobre a tábua de passar e salpicou-a com um pouco de água de um borrifador antes de começar a passá-la:

"Nossa infelicidade é por nossa causa e também por causa de vocês. Mas a infelicidade de vocês vem da alma."

"Da alma?"

"Ou do coração de vocês. Difícil saber. Vem de vocês. Vem de dentro, essa infelicidade. Vem das profundezas de vocês."

"Diga-me, por favor, *chaver* Adel, desde quando os árabes tocam gaitas de boca?"

"Um amigo meu me ensinou. Um amigo russo. E uma garota comprou para mim, de presente."

"E por que você toca sempre coisas tristes? O que é? É triste estar aqui conosco?"

"A questão é a seguinte: toda melodia na gaita, seja qual for, de longe sempre soa triste. Você também — de longe, pensam que você é um homem triste."

"E de perto?"

"De perto você me parece mais um homem zangado. E agora desculpe, acabei de passar e tenho de alimentar os pombos."

"*Mister* Adel."

"Sim."

"Diga-me, por favor, por que você fica cavando de noite debaixo do porão? É você? O que espera encontrar lá?"

"O quê? Você também ouve barulhos de noite? Como é que Rachel não ouve? Não ouve e não acredita. Também não acredita em você?"

15.

Rachel não acreditava nem nas fantasias noturnas do pai nem nos sonhos de Adel. Os dois com certeza ouviam os sons da ordenha em um dos estábulos vizinhos, ou as manobras noturnas do exército nos pomares que ficavam nos declives das colinas, e em sua imaginação os dois traduziam esses sons como ruídos de escavações. Mesmo assim, Rachel decidiu ficar acordada uma noite até de madrugada e ouvir com os próprios ouvidos.

E chegaram então os últimos dias do ano letivo. Os alunos das classes mais adiantadas já mergulhavam em sua preparação febril para as provas, e nas classes intermediárias já se relaxava a disciplina: os alunos se demoravam para entrar e assistir às aulas, e parte deles desaparecera, sob variados pretextos. As turmas se apresentavam a Rachel esvaziadas e impacientes, e ela mesma dava suas últimas aulas com um certo cansaço. Mais de uma vez liberou a turma dos últimos quinze minutos de aula para que saíssem ao pátio, num recreio antecipado. Uma ou duas vezes atendeu aos pedidos e dedicou a aula a discussões livres de temas escolhidos por seus alunos.

Aos sábados as ruelas da aldeia se enchiam de dezenas de carros de visitantes, que estacionavam entre as cercas e bloqueavam as entradas dos terrenos e quintais. Uma multidão de caçadores de pechinchas se amontoava nos balcões de queijos caseiros e nos tabuleiros de especiarias, e nas pequenas cantinas e adegas, nos pátios dos sítios onde se vendiam móveis indianos e objetos de arte de Mianmar e de Bangladesh, nas oficinas de tapetes e tecidos orientais, e nas galerias de arte, todas as coisas para as quais a aldeia havia se expandido à medida que a agricultura era abandonada. Embora em muitas propriedades ainda houvesse construções para a criação de novilhos e barracões para criação de pintos e estufas para flores, e nos declives das colinas ainda se estendessem vinhedos e pomares.

Rachel andava pelas ruas, em sua caminhada para a escola e de volta a sua casa, com passos rápidos e enérgicos, e as pessoas a olhavam e se admiravam de sua estranha vida entre o velho deputado e o rapaz árabe. Verdade que em outros terrenos também havia trabalhadores assalariados, tailandeses, romenos, árabes e chineses. Mas no terreno de Rachel Franco não crescia nada, e lá tampouco se fabricava qualquer objeto de arte ou de enfeite. Ela precisava desse trabalhador para quê? E ainda mais de um trabalhador inteligente? Da universidade? Miki, o veterinário que jogava damas com o trabalhador árabe, diz que ele é uma espécie de estudante? Ou um rato de biblioteca?

Havia quem dissesse isso e havia quem dissesse aquilo. Miki, o veterinário, alegava que tinha visto com os próprios olhos o rapaz árabe passar e dobrar a roupa íntima dela, e que ele andava por lá não somente no quintal, mas até mesmo dentro da casa, como se fosse da família. O velho conversa com o árabe sobre as cisões ocorridas no movimento trabalhista, e o árabe conversa lá com todos os gatos, conserta o telhado e toda noite dá para os dois um recital de gaita de boca.

A aldeia tinha boa lembrança de Dani Franco, que morrera de parada cardíaca no dia de seu quinquagésimo aniversário. Era um homem quadrado, de ombros largos, mas de pernas finas. Fora uma pessoa calorosa, fácil de cair de amores por seus interlocutores, e não se envergonhava desse sentimentalismo. Na manhã do dia de sua morte chorara um pouco porque no galpão de criação um novilho agonizava. Ou porque uma das gatas parira duas crias mortas. Ao meio-dia sofrera uma parada cardíaca e caíra de costas ao lado do depósito de fertilizantes. Lá o encontrou Rachel, e no rosto dele havia uma expressão de ofensa, mesclada com um grande espanto, como se, sem que fosse culpado de algo, o tivessem de repente expulsado de algum curso no exército. Rachel não entendeu no primeiro momento por que ele dormitava assim, no meio do dia, deitado de costas na poeira do quintal junto à parede do galpão, e gritou com ele, Dani, o que é isso, levanta logo, chega dessa infantilidade. Só quando o segurou com as duas mãos para ajudá-lo a levantar percebeu que seus dedos estavam frios. Ela curvou-se sobre ele e tentou ministrar-lhe uma respiração boca a boca, e até o esbofeteou nas faces. Depois correu para casa a fim de telefonar para o ambulatório da aldeia e pedir socorro à dra. Guili Steiner. Sua voz quase não tremeu e seus olhos estavam secos. Lamentava muito os dois tapas que lhe aplicara sem que ele tivesse qualquer culpa.

16.

Era uma tarde-noite úmida e muito quente, as árvores do jardim estavam envoltas numa espécie de névoa molhada, e as estrelas também pareciam mergulhadas num algodão sujo. Rachel Franco estava sentada com seu velho pai na varanda da casa e lia um romance israelense sobre os moradores excêntricos de um condomínio em Tel Aviv. O velho, com sua boina preta de tanquista que lhe cobria metade da testa, em suas calças cáqui largas com suspensórios que se cruzavam nas costas da camiseta, virava páginas e páginas do suplemento do jornal *Haaretz*, e seus lábios não paravam de resmungar e reclamar: Infelizes, dizia, desgraçados, todos solitários até a medula, abandonados desde o útero materno, não há quem possa aturá-los. Ninguém mais atura ninguém. Todos são estranhos para todos, até as estrelas no céu são estranhas umas às outras.

Adel estava sentado a uns trinta metros deles, nos degraus

de sua cabana, fumando e consertando calmamente uma podadeira cuja mola saíra do lugar. No parapeito da varanda estavam deitados dois gatos, como que desmaiados de calor. Do fundo da noite nevoenta ouvia-se o pipocar dos aspersores e o prolongado cricrilar de grilos. Às vezes uma ave noturna lançava um súbito e penetrante grito. E em terreiros longínquos latiam cães, cuja voz por momentos soava como um ganido lamentoso, de cortar o coração, ganido que era às vezes respondido pelo uivo de um chacal solitário, dos pomares que ficavam nos declives da colina. Rachel ergueu os olhos do livro e disse, para si mesma e não para seu pai:

"Há momentos em que de repente não entendo o que estou fazendo aqui."

O velho disse:

"Claro. Sei muito bem que minha vida é um peso sobre a sua."

"Mas ninguém está falando de você, Pessach. Estou falando de minha vida. Por que você logo arrebata tudo para você?"

"Ora, vamos, por favor, pode ir", sorriu o velho, "vá e encontre uma vida nova para você. Eu e o arabezinho vamos ficar por aqui mais um pouco para tomar conta do terreno e da casa. Até que ela caia. Ora, em breve ela vai cair de repente sobre nossas cabeças."

"Vai cair? Quem vai cair?"

"A casa. Esses cavadores estão lá esfarelando os alicerces."

"Ninguém está cavando. Vou-lhe comprar uns tampões de cera para tapar seus ouvidos, para que você não acorde mais de noite."

Adel pôs de lado a podadeira, apagou o cigarro, pegou a gaita no bolso e começou a tirar uns sons hesitantes, como se lhe fosse difícil escolher uma música. Ou como se preferisse esperar com sua gaita o uivo angustiado do chacal que vinha da escuridão dos pomares. E realmente parece que o chacal anuiu e lhe respondeu da profundeza das trevas. Um avião passou muito alto sobre a aldeia, as luzes piscando em suas asas. Sobre tudo pesava o ar sufocante, que estava úmido e quente e compacto, como que meio sólido. O velho disse:

"Bonita melodia. De cortar o coração. Faz a gente lembrar os tempos nos quais, aqui e ali, ainda havia às vezes uma estima passageira entre uma pessoa e outra. Mas hoje não vale a pena tocar essas melodias, hoje elas são anacrônicas, pois ninguém se incomoda. Está acabado. Agora os corações se fecharam, morreram todos os sentimentos. Ninguém mais se dirige ao próximo, a não ser por interesse e egoísmo. O que restou? Talvez só tenha restado essa melodia melancólica, como uma espécie de lembrança dos corações destruídos."

Rachel encheu três copos de água com limão de uma garrafa e convidou Adel para vir também à varanda e se servir. O velho pediu para tomar Coca-Cola em vez da água, mas dessa vez não insistiu. Adel foi, com seus óculos pequenos como os óculos de um menino pendurados por um cadarço em seu pescoço, e sentou-se um pouco de lado, sobre o parapeito de pedra da varanda. Rachel pediu-lhe que tocasse gaita. Adel hesitou um pouco e escolheu uma melodia russa impregnada de ânsia e mágoa. Seus colegas na universidade de Haifa lhe haviam ensinado a tocar algumas músicas russas. O velho parou de resmungar, e seu pescoço de tartaruga esticou-se em diagonal para frente como querendo aproximar o melhor ouvido da fonte de onde vinha a melodia. Depois suspirou e disse:

"Ah, que droga. É uma pena."

Mas com isso silenciou, e dessa vez sequer tentou explicar do que tinha pena.

Às onze e dez Rachel diz que está cansada, e faz a Adel uma pergunta referente ao dia seguinte: algo relacionado com serrar um galho supérfluo, ou pintar um banquinho. Adel, com voz suave, promete fazer, e lhe faz duas perguntas. Rachel responde às duas. O velho dobra o jornal: duas dobras, quatro, oito. Até ter a forma de um pequeno quadrado. Rachel se levanta e junta numa bandeja as frutas e os biscoitos, mas deixa para os dois os copos e a garrafa de água. A seu pai recomenda que não vá dormir tarde, e a Adel, que apague a luz da varanda quando for embora. E então deseja aos dois uma boa noite, com um passo largo transpõe dois gatos adormecidos e entra na casa. O velho balança duas ou três vezes a cabeça, que se projeta para frente, e balbucia atrás dela, mais para o espaço vazio do que para Adel:

"Então, é isso. Ela está precisando de uma mudança. Porque nós não estamos mais cansando ela tanto assim."

17.

Rachel dirige-se a seu quarto. Acende a luz do teto e logo a substitui pela luz do abajur de cabeceira. Por alguns momentos fica junto à janela aberta. O ar da noite é quente e denso, e as estrelas estão cercadas de blocos de vapor. Os grilos estão lá na deles. Assim como os aspersores. Ela escuta as vozes dos chacais que se ouvem das colinas e os latidos de cães que lhes respondem dos quintais. Depois dá as costas à janela, sem fechá-la, despe o vestido, se coça, despe também sua roupa de baixo e veste uma camisola curta de algodão, estampada com pequenas flores. Serve-se de um copo de água e bebe. Vai à toalete. Ao voltar posta-se por mais um momento junto à janela. Ouve da varanda a voz do velho dirigindo-se a Adel com raiva, e as curtas respostas de Adel, em sua voz macia. Sobre o que falam, ela não consegue captar, e pergunta-se intrigada o que o velho ainda quer desse rapaz, e o que na verdade mantém esse rapaz aqui conosco.

Um mosquito zumbe junto a sua orelha. E em volta da lâmpada de cabeceira dança uma mariposa bêbeda, borboleteando na luz e batendo com as asas na lâmpada. De repente ela se lamenta por sua vida e pelos dias que passam sem objetivo e sem razão de ser. O ano escolar está acabando e depois dele vêm as férias de verão e depois começará mais um ano escolar, semelhante em tudo ao anterior: de novo cadernos de alunos, de novo reuniões da equipe e de novo Miki, o veterinário.

Rachel liga o ventilador, deita e cobre-se com um lençol. Mas o cansaço foi embora e deu lugar a uma perturbante vigília. Ela se serve de água da garrafa ao lado da cama, bebe, rola, enfia um travesseiro entre as pernas, volta a rolar, um pequeno rangido quase inaudível a faz sentar e tornar a acender a luz de cabeceira. Agora já não ouve qualquer ruído, a não ser os grilos os sapos os aspersores e os cães distantes. Ela apaga a luz, afasta o lençol e fica descoberta, deitada de costas. E eis que de novo algo começa lá a ranger, como se alguém arranhasse as lajotas com um prego.

Rachel acende a luz e se levanta para examinar a persiana da qual suspeita, mas a persiana está aberta e bem fixada em seu lugar. Ela examina a cortina também, talvez de lá venha o barulho, e também a porta do banheiro, mas nenhum vento está soprando. Nem mesmo uma brisa. Nem uma única lufada. Por algum tempo ela fica sentada na cadeira de camisola, mas não ouve som algum. Quando volta a se deitar na cama, a se cobrir com lençol e a apagar a luz, no mesmo instante também volta o murmúrio daquela roedura. Será que há um rato no quarto? Difícil acreditar nisso, pois em toda esta casa reinam os gatos. Agora parece que alguém está arranhando com uma ferramenta afiada o chão por baixo de sua cama. Ela congela, imóvel, e quase prende a respiração para se concentrar na escuta: agora aparecem também leves batidas, pequenas pancadas, entre uma arranhadura e outra. De novo ela acende a luz e se põe de joelhos para olhar embaixo da cama: nada, só alguns tufos de poeira e um pedaço de papel. Rachel não volta para cama, fica de pé, tensa, no centro do quarto, depois de acender também a luz do teto. Agora também com a luz acesa ouvem-se os rumores, as roeduras e os rangidos, e ela deduz que alguém, talvez Adel e talvez mesmo seu terrível velho estejam lá embaixo de sua janela, arranhando intencionalmente a parede e batendo nela de leve. Pois os dois não são muito equilibrados da cabeça. Ela pega uma lanterna na prateleira ao lado do guarda-roupa com intenção de ir aos fundos da casa. Ou talvez descer ao porão.

Antes disso sai para a varanda para ver qual dos dois já não está lá, para saber de quem suspeitar. Mas a varanda está com a luz apagada, às escuras, assim como a janela do velho, e a escuridão também é total na cabana de Adel. Rachel, de sandálias e de camisola, desce da varanda para a lateral da casa, se esgueira entre as colunas e ilumina com a lanterna o vão embaixo do assoalho: as teias de aranha se iluminam e um pequeno inseto foge da luz para a escuridão. Ela se apruma, fica de pé, e a noite a envolve profunda e silenciosa. Na muralha de ciprestes que separa o quintal do antigo cemitério nada se move. Nenhum sopro faz estremecer o ar. Também os cães e os grilos pararam por um momento. A escuridão é densa e opressiva, e o calor paira sobre tudo. Rachel Franco fica lá de pé, a tremer, sozinha na escuridão sob as estrelas baças.

Arad, 2006

Os que se perdem

1.

Ontem telefonou-me Batia Rubin, a viúva de Eldad Rubin; não desperdiçou palavras, só perguntou se estava falando com o corretor de imóves Iossi Sasson, e quando respondi, Sempre às suas ordens, minha senhora, ela replicou, Temos um assunto a tratar.

Há muito tempo estou de olho na casa de Rubin, na rua Tarpat, atrás do Jardim dos Primeiros, a casa que entre nós chamamos de "a ruína". É uma velha casa, construída na época da fundação da aldeia, há mais de cem anos. As casas antigas à direita e à esquerda dela, a casa de Vilenski e a casa de Shmueli, já foram demolidas e em seu lugar se construíram vilas, verdadeiras mansões com múltiplos níveis. Essas vilas são cercadas de jardins bem cuidados, e numa delas há um lago artificial com uma cachoeira, peixes ornamentais e um repuxo. Entre as vilas fica a ruína, como um dente preto numa fileira de dentes alvos e brilhantes. É uma construção grande, sinuosa e complicada, com todo tipo de acréscimos e alas, feita de pedra calcária, cujo reboco das paredes externas já descascou em sua maior parte, um prédio virado para dentro, afastado da rua, com as costas voltadas para o mundo, cercado por um jardim abandonado onde crescem urtigas e carcaças de metal desmoronam pelos cantos. No centro do pátio há um poço de água entupido encabeçado por uma bomba manual enferrujada. As persianas estão sempre descidas e entre as fendas do caminho de pedras avariado que leva do portão à casa cresceram a escamônia, a algarobeira e a grama. Algumas blusas e roupas de baixo que às vezes estão penduradas no varal ao lado da casa são os únicos sinais de vida.

Durante muitos anos tivemos aqui em Tel Ilan um escritor conhecido, Eldad Rubin, um homem inválido, numa cadeira de rodas, que escreveu longos romances sobre o Holocausto sem nunca ter tido qualquer experiência de Holocausto, tendo vivido todos os seus dias em Tel Ilan, só viajando uma vez nos anos 50, para estudar e se aprimorar durante alguns anos em Paris. Ele nascera aqui, na antiga casa da rua Tarpat, nela escreveu seus livros e nela também morreu há uns dez anos, aos cinquenta e nove anos. Desde sua morte tenho esperado comprar a casa e vendê-la para demolir e construir de novo. A verdade é que tentei uma ou duas vezes ler os livros de Eldad Rubin, mas eles não eram para mim: tudo me parece pesado e deprimente, a trama é lenta e os personagens são infelizes. Eu leio principalmente suplementos econômicos, política e livros de suspense.

Duas mulheres moram na ruína, e até hoje não estavam dispostas a vender por nenhum preço. A mãe do escritor, Rosa, uma mulher de cerca de noventa e cinco anos, e a viúva dele, que aparenta ter sessenta anos. Algumas vezes liguei para elas e quem atendeu sempre foi a viúva, Batia Rubin. Em cada uma dessas conversas eu começava elogiando o trabalho do escritor falecido, cuja obra era motivo de orgulho para toda a nossa aldeia, e continuava com insinuações sobre o estado precário da casa, a ponto de não mais valer a pena reformá-la, e pedia educadamente que me convidassem para uma breve conversa sobre o futuro. Cada uma dessas conversas telefônicas se encerrava com Batia Rubin me agradecendo pelo interesse mas afirmando que a questão ainda não se impunha, e por isso não havia razão para minha visita.

Até que ontem ela me telefonou por sua própria iniciativa e disse que havia sobre o que falar. E imediatamente resolvi não começar a levar lá compradores, mas comprar eu mesmo a ruína. Depois providenciarei sua demolição e receberei pelo terreno muito mais do que pagarei pela casa. Quando eu era criança, estive uma vez dentro dessa casa: minha mãe, que era enfermeira diplomada, levou-me consigo quando a chamaram para aplicar uma injeção no escritor Eldad Rubin. Eu tinha oito ou nove anos. Lembro-me de um salão central espaçoso, mobiliado em estilo oriental, com muitas portas para cômodos laterais, e uma escada que aparentemente levava ao porão. Os móveis me pareceram pesados e sombrios. Duas paredes estavam cobertas do chão até o teto por estantes de livros, e outra parede era toda forrada de mapas nos quais se haviam cravado alfinetes de cabeça colorida. Sobre a mesa, um arranjo de espinhos numa jarra. E um grande relógio marrom com ponteiros dourados ritmava o tempo com seus tique-taques.

O escritor estava sentado em sua cadeira de rodas, um cobertor sobre os joelhos e a grande cabeça envolta numa juba de cabelos grisalhos. Lembro-me de seu rosto largo e corado, afundado entre os ombros como se não tivesse pescoço, suas orelhas grandes e as sobrancelhas espessas e emaranhadas, nelas também despontando o tom grisalho. Tufos grisalhos saíam também de suas orelhas e de suas narinas. Havia nele algo que me lembrava um velho e mimado urso em seu sono hibernal. Minha mãe e a mãe dele transportaram-no da cadeira de rodas para o sofá, e ele não lhes facilitou a tarefa, resmungando e reclamando e tentando pesadamente escapar de suas mãos, mas seus músculos eram fracos e elas o dominaram. Sua mãe, Rosa, arregaçou-lhe as calças até se descobrirem suas nádegas inchadas, e minha mãe curvou-se e aplicou-lhe uma injeção no alto de seu traseiro esbranquiçado. Depois da injeção o escritor disse-lhe algum gracejo. Não me lembro das palavras, mas lembro-me de que não era engraçado. Depois veio também Batia, a mulher do escritor, uma mulher magra e tensa cujo cabelo se juntava num pequeno coque atrás da nuca, e ofereceu a minha mãe um copo de chá, e a mim um refresco adocicado de framboesa, numa xícara que parecia estar rachada. Eu e minha mãe ficamos cerca de quinze minutos no salão daquela casa, que na aldeia já era então chamada de ruína. E lembro-me de que havia algo na casa que eletrizou minha imaginação. Talvez porque do salão no centro da casa cinco ou seis portas davam para os quartos que o circundavam. Não era assim que se construíam as casas em nossa aldeia. Só em aldeias árabes eu tinha visto construções como essa. Já o escritor, embora eu soubesse que escrevia principalmente sobre o Holocausto, não parecia sombrio nem enlutado, mas irradiava em seu entorno uma alegria infantil um tanto forçada. Com seu jeito meio sonolento esforçava-se muito para nos entreter, contava anedotas, e ele mesmo se divertia com jogos de palavras, mas minha lembrança dele naquele único encontro não é a de um homem simpático, e sim a de um homem que se esforça ao máximo, capaz de se superar para que tudo corra agradavelmente.

2.

Às seis horas da tarde deixei minha cadeira e minha escrivaninha e fui dar um passeio pelas ruas da aldeia. Eu estava cansado e meus olhos doíam após um longo dia no escritório, dia de preparar a declaração de renda anual. Eu pretendia passear durante meia ou uma hora, comer uma refeição leve na lanchonete de Haimovitch e voltar a minha tarefa, que precisava terminar naquela noite mesmo. De tanto cansaço me parecia que a luz vespertina não era de todo transparente, mas um pouco embaçada, como que empoeirada. O verão em Tel Ilan estava quente e úmido. Na extremidade da rua do Poço havia uma barreira de ciprestes, e além dela estendia-se um pomar de pereiras. Por trás dos ciprestes o sol começava a baixar em seu trajeto até a linha do horizonte a oeste. Era um sol melancólico do fim de um dia opressivo no mês de junho, um sol que uma cortina acinzentada parecia separar de nós. Meu passo era médio, nem vagaroso nem rápido. Aqui e ali eu me detinha e olhava de esguelha para um dos quintais. Na rua viam-se poucas pessoas, seguindo apressadas para casa. Naquelas horas da tarde os habitantes da aldeia geralmente estavam em casa, ou na varanda interna que dava para o jardim, de camiseta e short, bebendo limonada com gelo e olhando os jornais da tarde.

 Às vezes eu cruzava com alguns transeuntes. Avraham Levin cumprimentou-me com um aceno de cabeça, e houve um ou dois que se detiveram para trocar algumas palavras. Aqui na aldeia quase todos nos conhecemos. Há pessoas que têm raiva de mim porque estou vendendo casas da aldeia a estranhos que fazem delas retiro para os fins de semana ou moradia de verão. Em breve a aldeia deixará de ser uma aldeia para ser uma espécie de estação de veraneio. Os antigos moradores não estão satisfeitos com essa mudança, embora os novos habitantes tenham feito a aldeia enriquecer e se transformar, ao menos nos sábados, de um lugar longínquo e isolado num lugar fervilhante de vida. Todo sábado chegam ao centro caravanas de automóveis, e seus passageiros visitam as adegas de vinho, as galerias, os galpões de móveis em estilo oriental e os quiosques de queijos, mel e azeitonas.

    Junto com o crepúsculo quente e seco, cheguei ao pátio da Casa de Cultura, na rua dos Fundadores, e meus pés me levaram aos fundos do prédio, um lugar deserto e árido, onde havia um jardim pequeno e abandonado, um jardim desnecessário, pois quase ninguém vai até lá. Fiquei alguns momentos a esperar, sem ter a menor noção de quem ou o que estava esperando. Erguia-se, cercada de grama amarelada e um canteiro de sedentas roseiras, uma estátua pequena e empoeirada, em memória de cinco fundadores da aldeia que foram mortos, cem anos antes, num ataque árabe. Ao lado da entrada dos fundos da Casa de Cultura havia um quadro de avisos e, pregada nele, a promessa de uma noite inesquecível com três artistas que nos visitariam no próximo fim de semana. Embaixo desse aviso havia outro, de ortodoxos proselitistas, no qual se dizia em grossas letras que este mundo não é mais do que um mísero corredor onde devemos nos preparar para a entrada no palácio. Fiquei por algum tempo diante desse aviso e disse para mim mesmo que do palácio eu não sabia nada, mas do corredor até que aproveito bem.

    Ainda estou olhando o quadro de avisos e eis que me aparece ao lado da estátua uma mulher que não estava lá antes. À luz vespertina sua figura é estranha e um pouco fora do comum. Será que saiu da porta dos fundos da Casa de Cultura? Ou teria se esgueirado pela estreita passagem entre as construções vizinhas? O que me parecia estranho é que há um momento eu estava aqui totalmente só e de repente me aparece do nada essa mulher desconhecida. Não era daqui. Era muito magra e ereta, nariz aquilino e um pescoço curto e sólido, e sua cabeça estava coberta com um chapéu espantoso, um chapéu amarelo cheio de alfinetes e fivelas. Vestia roupa cáqui de excursionista, nos ombros levava uma mochila vermelha, tinha um cantil pendurado no cinto, seus sapatos pareciam pesados, numa das mãos segurava um bastão e no outro braço estava pendurada uma capa de chuva que sem dúvida pertencia a outra estação, e não ao mês de junho. A estranha parecia ter sido recortada de um anúncio publicitário estrangeiro de excursões na natureza. Não em nossa natureza, mas na de países frios. Não consegui desviar os olhos dela.

A mulher estranha devolveu-me um olhar agudo e penetrante, quase hostil. Sua postura era senhorial e sobranceira, como se me dedicasse um profundo desdém ou quisesse me dizer que eu não tinha jeito, e que nós dois sabíamos muito bem disso. Tão fulminante era seu olhar que precisei desviar os olhos e me afastar de lá, na direção da rua dos Fundadores, para o lado da fachada da Casa de Cultura. Após dez passos não pude me conter e olhei para trás. A estranha já não estava lá. Como se a terra a tivesse engolido. Mas não consegui me acalmar. Contornei a Casa de Cultura e continuei pela subida da rua dos Fundadores, e uma sensação dilacerante cravava em mim suas unhas, a sensação de que eu estava em falta, a sensação de que algo dependia de mim, algo muito sério e até muito grave, algo que eu tinha obrigação de fazer, mas de que estava fugindo.

Pus-me então a caminhar e fui em direção à ruína para falar ainda esta noite com a viúva Batia Rubin e talvez também com Rosa Rubin, a velha mãe. Afinal elas mesmas finalmente haviam ligado para meu escritório para me anunciar que já havia sobre o que falar.

3.

No caminho fiquei pensando que seria até uma pena demolir a ruína, que é uma das últimas que restam das primeiras casas construídas aqui pelo fundadores, há mais de cem anos. O avô do escritor Eldad Rubin foi um agricultor abastado chamado Guedalia Rubin, que chegou em Tel Ilan entre os primeiros e ergueu com as próprias mãos uma casa e uma propriedade e plantou um pomar de árvores frutíferas e um florescente vinhedo. Era tido entre nós como um agricultor avarento e irascível, ao passo que Marta, sua mulher, fora conhecida na juventude como a moça mais bonita do distrito de Menashé. Mas a ruína já caíra nas garras do abandono e do desmoronamento e não valia a pena investir em sua reforma e conservação. Eu pretendia comprá-la da mãe e da viúva e vender o terreno para a construção de uma nova vila. Talvez seja possível botar na fachada da nova construção uma pequena placa evocativa que diga que neste lugar havia a casa do escritor Eldad Rubin e nela foram escritos todos os seus livros, nos quais se descreviam os horrores do Holocausto. Quando eu era criança, pensava que aqueles horrores ainda estavam acontecendo de alguma forma dentro da casa do escritor, no porão ou em um dos quartos dos fundos.

Na pracinha da estação de ônibus encontrei Beni Avni, presidente do Conselho Municipal de Tel Ilan, que estava lá na companhia do engenheiro do Conselho e de um empreiteiro de obras de calçamento em Netania, e conversava com eles sobre a reforma das antigas calçadas. Fiquei surpreso de vê-los ali de pé confabulando naquela hora crepuscular. Beni Avni bateu no meu ombro e perguntou, Como vai você, *mister* corretor. Depois disse, Você parece estar um pouco preocupado, Iossi. E acrescentou, Venha uma hora dessas ao meu escritório, talvez sexta-feira ao meio-dia, temos que conversar um pouco, eu e você. Mas, quando experimentei sondar um pouco para saber sobre o que ele queria falar comigo, não consegui arrancar a menor pista. Venha, disse, vamos conversar, eu providencio o café.

Essas palavras aumentaram a sensação depressiva que me perseguia: alguma coisa que eu tinha de fazer, ou evitar fazer, me pressionava e despertava sombrios pensamentos, mas eu não conseguia atinar que coisa era essa. Voltei-me, então, e fui em direção à ruína. Não em linha reta, mas com um pequeno desvio pelo quarteirão da escola e pela alameda de pinheiros junto a ela. Pareceu-me de súbito que a estranha mulher que surgira de repente no jardim abandonado atrás da Casa de Cultura tentara sinalizar-me algo, talvez alguma coisa de especial importância, e eu tinha me recusado a ouvir. O que me amedrontara? Por que eu fugira dela? Mas a verdade é que eu fugira. E, quando olhei para trás, a estranha já não estava lá. Como se tivesse desvanecido no lusco-fusco da tarde. Era uma figura magra ereta e compacta numa esquisita roupa de campanha, com um bastão de arrimo em uma das mãos, e no outro braço, pendurada e dobrada, uma capa de chuva. Como se não estivéssemos em junho. Deu-me a impressão de ser uma excursionista em suas andanças pelos Alpes, talvez uma austríaca. Ou suíça? O que teria para me dizer, e por que eu fugira dela? Não encontrei resposta a essas perguntas, assim como não consegui fazer qualquer conjectura sobre o que Beni Avni tinha a me dizer e por que não podia simplesmente começar a falar quando nos encontramos na praça da estação de ônibus, e convidou-me a ir a seu escritório numa hora estranha, sexta-feira ao meio-dia.

Sobre um banco, na sombra, na extremidade da rua Tarpat, jazia um pequeno pacote, embrulhado em papel pardo e amarrado com cordéis pretos. Eu me detive junto ao banco e me curvei para ver o que estava escrito nele. Nada estava escrito, e eu o virei com cuidado e revirei de lado a lado, mas o papel de embrulho pardo não havia nada escrito, em nenhum dos lados. Depois de hesitar um pouco resolvi não abri-lo, embora sentisse que era minha obrigação comunicar a alguém o achado. A quem comunicar, eu não sabia. Ergui o pacote com as duas mãos. Pareceu-me bem pesado para seu tamanho, mais pesado que um pacote de livros, como se o conteúdo fosse de tijolos ou metal. Fiquei preocupado com aquele pacote, e por isso voltei e o depositei com muita delicadeza sobre o banco. Eu tinha de relatar à polícia o achado de um pacote suspeito, mas o celular ficara sobre minha mesa no escritório, pois eu na verdade só saíra para um curto passeio e não quis que os assuntos do escritório me perseguissem durante o passeio.

Enquanto isso a última luz do dia se extinguia lentamente, e só os lampejos do pôr do sol ainda tremeluziam no fim da rua, como que a me sinalizar de lá, chamando-me para eles, ou ao contrário, avisando-me que me afastasse. Densas sombras encheram a rua, as sombras dos altos ciprestes, e as dos muros que circundavam os terrenos das casas. Essas sombras não ficavam em seu lugar, mas moviam-se para lá e para cá como que se arrastando à procura de algo perdido. Ao cabo de alguns minutos acenderam-se as luzes dos lampiões de rua, mas as sombras não recuaram, e sim se viraram e redemoinharam ao leve vento que estremeceu as ramagens, como invisível mão a remexê-las e emaranhá-las.

Parei diante do portão de ferro quebrado que dava acesso ao terreno da ruína e lá fiquei por alguns momentos aspirando fundo os aromas das espirradeiras e o perfume amargoso dos gerânios. Na casa parecia não haver ninguém, pois nenhuma luz brilhava em qualquer de suas janelas ou no pátio, e só os sons dos grilos vinham de dentro dos espinheiros, e as vozes dos sapos do terreno ao lado, assim como o latido insistente dos cães do declive da rua. Por que vim até aqui sem antes telefonar e marcar um encontro? Pois se eu bater à porta agora, quando já escureceu, certamente as duas mulheres vão se assustar. Talvez nem mesmo abram a porta. E talvez as duas não estejam em casa, não há luz acesa em janela alguma. Decidi então ir embora e voltar outro dia. Mas enquanto resolvia abri o portão, que rangeu terrivelmente, atravessei o pátio escuro e bati à porta duas vezes.

4.

Quem abriu a porta foi uma moça com cerca de vinte e cinco anos, Iardena, filha do falecido escritor Eldad Rubin. Sua mãe e sua avó tinham viajado para Jerusalém e ela viera de Haifa para se isolar aqui por alguns dias e avançar no seminário que preparava sobre os fundadores da aldeia Tel Ilan. Eu me lembrava de Iardena em sua infância, pois uma vez, quando tinha doze anos, fora a meu escritório por ordem de seu pai, para pedir-me uma planta ou um mapa da aldeia. Era uma menina fina e recatada, clara, de corpo esguio e um pescoço fino e alto, rosto delicado que parecia cheio de espanto, como se tudo que acontece no mundo a surpreendesse e despertasse nela uma admiração envergonhada. Tentei então puxar uma pequena conversa sobre seu pai, seus livros, os visitantes que vinham a sua casa de todos os cantos do país, mas Iardena respondeu-me com sins e nãos, e só uma vez disse, Mas como é que eu posso saber?, e com isso a conversa acabou antes mesmo de ter começado. Dei-lhe uma cópia do mapa da aldeia, que seu pai a incumbira de receber de mim, e ela agradeceu e saiu, deixando atrás de si um fio de vergonha e de assombro. Como se eu ou meu escritório a tivéssemos espantado muito.

Desde então ocorreu-me encontrá-la algumas vezes no armazém de Victor Ezra, nos escritórios do Conselho local ou no posto de saúde. E sempre sorria para mim, como se eu lhe fosse próximo, mas só falava um pouco. E sempre deixava em mim uma sensação de perda de oportunidade, como se houvesse entre nós uma conversa que ainda não acontecera. Há quatro ou cinco anos ela foi servir no exército e depois, diziam por aqui, foi estudar em Haifa.

Agora estava diante de mim, na porta da casa cujas persianas estavam todas cerradas. Era uma moça frágil, delicada, num vestido de algodão simples e liso, seus cabelos estavam soltos e lhe caíam nos ombros, e calçava sandálias e um par de meias brancas, como se ainda frequentasse a escola. Baixei os olhos e olhei só para as sandálias. Sua mãe, eu disse, telefonou e me pediu para vir aqui falar com vocês sobre o futuro da casa.

Iardena disse que a mãe e a avó haviam viajado por alguns dias para Jerusalém e que ela estava sozinha em casa, mas que eu estava convidado a entrar, embora sobre a questão do futuro da casa não fosse ela a pessoa indicada para conversar. Resolvi então agradecer-lhe e me despedir para voltar em outra ocasião, mas minhas pernas como que por si mesmas moveram-se atrás dela para dentro da casa. Entramos no grande salão que eu lembrava da infância, aquela sala de pé-direito alto de onde se abriam várias portas para os quartos laterais e com uma escadaria que levava ao porão. A sala estava iluminada por uma luz mortiça e amarelada atrás de quebra-luzes de metal fixados junto ao teto. Ao longo de duas paredes havia prateleiras carregadas de livros e na parede oriental ainda se estendia um grande mapa dos países mediterrâneos. Esse mapa amarelecera um pouco e suas bordas estavam amassadas e rasgadas. Algo velho e denso pairava no espaço daquela sala. Como um leve cheiro de coisas não arejadas, e talvez não fosse um cheiro, mas a própria luz amarelada e mortiça na qual uma nuvem de minúsculos grãos de poeira formava uma cintilante coluna em diagonal sobre a mesa de jantar negra, cercada de oito cadeiras de espaldar reto.

Iardena fez-me sentar numa velha poltrona roxa, e perguntou o que eu ia beber. Não se incomode, eu lhe disse, não quero atrapalhar, vou me sentar dois minutos para descansar e voltarei em outra ocasião, quando sua mãe e sua avó estiverem em casa. Iardena insistiu que eu bebesse algo, faz tanto calor hoje e você veio a pé, ela disse, e depois saiu do quarto, enquanto eu olhava para suas longas pernas calçadas com sandálias de menina e meias brancas. Seu vestido azul lhe chegava aos joelhos. Um profundo silêncio reinava em toda a casa. Como se já tivesse sido vendida e esvaziada de uma vez por todas. Um relógio de parede antigo tiquetaqueava sobre o sofá e lá fora um cão distante latiu, mas nenhum vento soprava agora nas copas dos negros ciprestes que cercavam o terreno da casa por todos os lados. Pela janela traseira via-se a lua cheia. As manchas escuras na face da lua pareciam mais escuras do que nunca.

Iardena voltou, e percebi que descalçara as sandálias e as meias e agora andava descalça. Trazia nas duas mãos uma bandeja de vidro preto, com um copo e uma garrafa de água fresca e também um prato com tâmaras, ameixas e cerejas. A garrafa estava coberta de suor gelado, e o copo alto tinha como enfeite uma fina listra azul em toda a sua volta. Ela pousou a bandeja na mesa, diante de mim, curvou-se e encheu o copo com água até a listra azul. Quando se inclinou, divisei por um instante as colinas de seus seios e o sulco entre eles. Eram seios pequenos e duros e por um momento me pareceram semelhantes às frutas que me trouxera. Tomei cinco ou seis goles e com os dedos toquei as frutas, mas não peguei nenhuma, embora as ameixas também estivessem cobertas com aquele suor gelado ou com gotas da água com que tinham sido lavadas, e pareciam saborosas e apetitosas. Disse a Iardena que eu me lembrava de seu pai e daquela sala em minha infância, e que quase nada mudara nela desde então. Ela disse que seu pai amava esta casa, onde havia nascido e crescido e escrito todos os seus livros, mas sua mãe queria mudar e morar na cidade. O silêncio a deprime. A avó, pelo visto, irá morar num lar da velhice decente e a casa será vendida.

Ela, por ela, não é a favor nem contra a venda da casa. É uma questão que só diz respeito à mãe. Se lhe perguntassem, talvez sugerisse adiar a venda enquanto a avó vivesse. Por outro lado pode-se entender o sentimento da mãe, o que vai fazer aqui, agora que finalmente saiu sua aposentadoria e ela deixou de ensinar biologia no colégio? Mamãe está aqui sozinha o tempo todo com a vovó, que já não ouve bem.

Você quer ver a casa? Vamos dar uma volta pelos cômodos? Não são poucos os cômodos e os esconderijos. Esta casa, disse Iardena, foi construída sem qualquer lógica. Como se o arquiteto tivesse sido tomado por alguma visão e amontoado quartos, corredores, passagens e nichos, tantos quantos lhe viessem à cabeça. E na verdade não foi um arquiteto: o bisavô dela havia erguido a parte central da casa e, de tantos em tantos anos, ampliara a edificação acrescentando uma ala ou extensão, e depois viera o avô e continuara a construir acréscimos e cômodos.

Levantei-me e saí do grande salão, atrás dela, por uma das portas que se abriam para a penumbra e encontrei-me num corredor revestido com lousas de pedra ao longo do qual estavam penduradas fotografias antigas e esmaecidas de colinas e riachos. Meus olhos estavam cravados nas pernas descalças que se moviam com agilidade e leveza sobre o chão de lajes de pedra, como se dançasssem a minha frente. Do corredor abriam-se algumas portas, e Iardena disse que, embora tivesse sido criada nesta casa, tinha a sensação de se encontrar num labirinto, e que havia cantos nos quais não estivera desde a infância. Ela abriu uma das portas e fomos parar num cubículo curvo, onde chegamos depois de descer cinco degraus estreitos, e onde reinava uma densa penumbra, penumbra que só uma lâmpada no teto, amarela e fraca, separava da escuridão total. Aqui também, nesse cubículo, havia estantes cheias de livros antigos atrás de portas de vidro. Entre os livros espalhava-se uma coleção de fósseis e conchas.

Iardena disse, Aqui meu avô gostava de ficar no entardecer. Ele tinha certa inclinação por lugares fechados e sem janelas. Eu falei que eu também tinha atração por lugares fechados, lugares em que mesmo em pleno verão existe alguma sombra de inverno. Então trouxe você ao lugar certo, completou Iardena.

5.

Do cubículo escuro, passamos por uma porta rangente, para chegar a um pequeno quarto parcamente mobiliado, somente com um sofá antigo e desbotado, uma poltrona marrom e uma mesa de centro redonda, também marrom, com pés curvos. Na parede do quarto estava pendurada uma fotografia grande e cinzenta da aldeia Tel Ilan, aparentemente tirada havia muitos anos do alto da torre d'água que fica no centro da aldeia. Ao lado dessa fotografia vi um diploma de reconhecimento emoldurado, mas a luz fraca não permitia ler o que estava escrito nele. Iardena propôs que nos sentássemos um pouco, e não recusei. Eu me sentei no sofá surrado e Iardena sentou-se diante de mim na poltrona. Cruzou suas pernas descalças, esticou o vestido sobre os joelhos, mas o vestido era curto demais para cobri-los. Ela disse que ainda não tínhamos visto nem uma pequena parte da casa. E disse ainda que deste quarto, pela porta da esquerda se podia chegar de volta ao salão na entrada da casa de onde começamos a jornada, ao passo que a porta da direita levava à cozinha, de onde se podia chegar à despensa ou a um corredor que levava a alguns dos quartos de dormir. Mais quartos ficam em outra ala da casa. Aqui há quartos de dormir nos quais, ao longo de cinquenta anos, ninguém pernoitou. Nos primeiros anos o bisavô hospedava às vezes visitantes de colônias agrícolas distantes que vinham ver seus jardins e pomares. O avô recebia em nossa casa palestrantes e atores visitantes que vinham se apresentar na aldeia. Eu olhava para os joelhos redondos e lisos de Iardena, que despontavam debaixo de seu vestido. Depois me apressei em desviar os olhos e fitei seu rosto, no qual um leve sorriso se estampava, um sorriso distraído que talvez viesse de um pensamento agradável, mas indistinto.

Perguntei a ela por que decidira levar-me num giro pelos cômodos da casa. Iardena respondeu surpresa, Mas você está querendo comprá-la, não? Quase lhe disse que minha intenção era comprar a casa para demoli-la, portanto não valia a pena visitar os cômodos, mas numa segunda consideração preferi deixar passar e não dizer nada. E falei, Uma casa tão grande, e agora só moram nela duas mulheres. Iardena respondeu que a mãe e a avó moram na ala que dá para o pátio dos fundos, e ela também, quando vem de visita, tem um pequeno quarto na mesma ala. Quer continuar agora? Não se cansou? Ainda havia muitos cômodos fechados, e agora que eu tinha vindo ela queria aproveitar a oportunidade e dar uma olhada neles. Sozinha ela teria medo, mas os dois juntos não vamos ter, não é?

Algo desafiante e sarcástico oscilou um instante em sua voz quando me perguntou se ainda não me cansara e se os dois juntos não teríamos medo. Continuamos, passamos pela porta da direita e entramos numa cozinha grande e antiquada, com frigideiras de diferentes tamanhos penduradas em uma das paredes, e um fogão antigo com uma chaminé de tijolos vermelhos a ocupar um dos cantos. Do teto pendiam réstias de alho e fieiras de frutas secas. Sobre uma mesa escura feita de tábuas grosseiras espalhavam-se, misturados, diversos utensílios, cadernetas, vidros de pós, uma lata de sardinhas, uma garrafa de óleo empoeirada, um facão, nozes velhas, pastas e condimentos. Na parede, um calendário ilustrado, e notei que era de muitos anos atrás.

Aqui, disse Iardena, meu pai gostava de se sentar e escrever em seus cadernos nos dias de inverno, junto ao fogão aceso. Agora mamãe e vovó usam uma cozinha pequena que elas têm na ala, e não esta cozinha. Esta aqui está abandonada. Ela me perguntou se eu estava com fome e propôs preparar em alguns minutos uma refeição leve, eu realmente estava com um pouco de fome, e não me oporia a engolir, por exemplo, uma fatia de pão com abacate, e sobre o abacate uma cebola no sal. Mas a cozinha me parecia árida e a curiosidade me empurrava para a frente, para as profundezas da casa, ao coração do labirinto. Eu disse, Obrigado, talvez em outra oportunidade, agora talvez seja melhor continuar e ver o que ainda há por aqui.

De novo cintilou em seus olhos alguma coisa desafiadora, um pouco zombeteira, como se tivesse percebido o que eu tinha dentro de mim, e o que achara lá não me somasse méritos, e ela disse, Venha. Por aqui. Saímos então da cozinha para um corredor estreito, e dele à esquerda e em diagonal para outro corredor em curva no qual Iardena acendeu uma luz amarela esmaecida. Uma névoa envolveu-me a cabeça, e de novo eu não tinha certeza se poderia encontrar o caminho de volta e retornar sobre meus próprios passos. Parecia que Iardena se divertia ao me arrastar atrás dela mais e mais fundo na casa. Seus pés descalços moviam-se ágeis sobre as frescas lajotas de pedra, seu corpo esguio se curvava um pouco em seu deslizar, e parecia que ela dançava na ponta dos pés. Na penumbra desse corredor se haviam armazenado alguns equipamentos grosseiros de campismo, uma barraca dobrada, estacas, colchões de borracha, cordas e dois lampiões fuliginosos. Como se alguém se tivesse preparado para sair e passar seus dias isolado nas montanhas. Um cheiro de umidade e poeira pairava entre as grossas paredes. Quando eu era um menino de oito ou nove anos, meu pai uma vez me fechara por uma ou duas horas no depósito de ferramentas do quintal, por eu ter quebrado um termômetro. Lembro-me dos dedos do frio e da escuridão a me apalpar até eu me encolher todo como um feto num canto do depósito.

    No corredor em curva havia três portas fechadas, além daquela pela qual havíamos entrado, e Iardena apontou para uma delas e disse que dali se descia ao porão, e perguntou se eu queria descer e ver o porão. Você não tem medo de porões? Não tenho medo, respondi, mas quem sabe assim mesmo abrimos mão do porão por essa vez, obrigado, e logo voltei atrás e disse que na verdade sim, por que não? Vale a pena dar uma olhada no porão também. Iardena tirou de um cabide na parede do corredor uma lanterna e empurrou a porta com a sola de seu pé descalço. Desci atrás dela, e na penumbra, entre sombras voluteantes contei catorze degraus. Um frescor úmido pairava no ar do porão, e a lanterna na mão de Iardena fez rolarem pesadas sombras pelas paredes. Ela disse, Este é o nosso porão. Aqui se guarda tudo para o que não tem mais lugar em casa, e papai descia aqui às vezes para tomar um pouco de ar fresco em dias quentes como o de hoje. Vovô descia para dormir aqui entre os barris e os caixotes, nas noites em que soprava esse vento quente e seco do deserto, que nos visita alguma vezes por ano. E você? Você tem medo de lugares fechados? Ou da escuridão? Porque eu não tenho. Ao contrário. Desde pequena, quando queria me esconder, eu sempre encontrava esconderijos em lugares fechados e escuros. Se você comprar esta casa, tente convencer os moradores a não modificar seu formato. Pelo menos enquanto vovó estiver viva.

    Modificar?, espantei-me, — os novos moradores talvez não queiram modificar a casa, mas demoli-la e construir em seu lugar uma mansão moderna (algo impediu-me de lhe dizer que eu mesmo iria em breve demolir a casa).

    Se eu tivesse dinheiro, disse Iardena, eu a compraria de mamãe e de vovó. Compraria e fecharia. Eu não viria morar nela, de forma alguma. Comprava e fechava, e que permanecesse fechada e abandonada. É o que eu faria.

Meus olhos, que começavam a se habituar à escuridão, descobriram nas paredes do porão fileiras e mais fileiras de prateleiras, e sobre elas latas e vidros com pepinos em conserva, azeitonas, geleias, todo tipo de especiarias e mais artigos que não consegui identificar. Como se esta casa tivesse se preparado para enfrentar um longo cerco. Montes de sacos e caixotes e caixas se espalhavam por todo o porão. A minha direita havia três ou quatro barris selados, que talvez contivessem vinho, mas não pude saber. Em um dos cantos, montes de livros, empilhados uns sobre os outros, do chão quase até o teto. Iardena disse que este porão fora cavado e construído por seu bisavô, Guedalia Rubin, ainda antes de erguer a casa. O porão era parte dos alicerces, e durante os primeiros anos os membros da família moraram lá, até que sobre ele se construiu a casa propriamente dita. E mesmo a casa não foi construída de uma só vez, mas durante muitos anos, cada geração acrescentando extensões e alas, e por isso parece que a casa não tem um projeto. Para ela, disse Iardena, essa confusão é um dos segredos do encanto da casa: nela pode-se perder, pode-se esconder e pode-se também, em momentos de rejeição, encontrar um cantinho tranquilo para se isolar. Você gosta de se isolar?

Essas palavras deixaram-me surpreso, pois me era difícil entender como alguém precisaria de um canto tranquilo para se isolar numa casa tão ampla e cheia de alas e divisões, onde só moram duas anciãs, e às vezes duas anciãs e uma estudante descalça. Ao mesmo tempo, sentia-me bem naquele porão, cujo frescor penumbroso se entrelaçava em meu pensamento com a figura da excursionista estranha que surgira e quase imediatamente desaparecera no empoeirado jardim atrás da Casa de Cultura, com o insólito convite de Beni Avni, presidente do Conselho da Aldeia, e com o pesado pacote que eu achara sobre o banco de rua, e sobre o qual eu precisava relatar a alguém e adiara e não relatara a ninguém.

Perguntei a Iardena se desse porão havia uma saída para o quintal, e Iardena disse que a saída era pelos degraus e pela porta por onde entráramos, e que havia outros degraus que levavam diretamente ao salão. Você quer voltar? Disse que sim, e logo me arrependi e disse que na verdade ainda não, Iardena segurou minhas mãos e me fez sentar numa das caixas e sentou-se à minha frente, cruzando as pernas e tentando esticar o vestido sobre os joelhos. Agora, disse, você e eu não vamos nos apressar para ir a lugar nenhum. Certo? Conte-me, por favor, o que de fato vai acontecer a nossa casa depois que você a comprar?

6.

Ela pôs a lanterna a seu lado sobre a caixa, com o foco dirigido para o teto. Com isso floresceu no teto do porão uma bolha redonda de luz, e o resto do espaço ficou mergulhado no escuro. Iardena passou a ser uma sombra entre sombras. E agora, ela disse, agora eu posso, por exemplo, apagar a lanterna, escapar daqui no escuro e trancar você neste porão, e você ficará aqui para sempre. Você vai comer azeitonas e repolho azedo, beber vinho e tatear pelas paredes e caixas até que a pilha da lanterna se esgote. Eu quis lhe responder que na verdade sempre me via em sonhos trancado e aprisionado num porão escuro, mas preferi ficar calado. No fim do silêncio Iardena perguntou, A quem você venderá nossa casa? Quem vai comprar um labirinto antigo como este? Veremos, respondi, talvez eu nem a venda. Talvez eu venha morar aqui. Esta casa me agrada. Assim como a moradora. Quem sabe compro a casa junto com a moradora?

Eu, disse Iardena, gosto de às vezes me despir bem devagar diante do espelho e imaginar que sou um homem esfaimado, ali sentado a olhar-me enquanto me dispo. Jogos desse tipo me despertam. A luz da lanterna tremeluziu um pouco como se a bateria se tivesse cansado, mas ao cabo de um momento voltou a lançar sobre o teto a imagem redonda de uma luz brilhante. Do interior do silêncio pareceu-me ouvir um som abafado de fluxo, como se em algum lugar por aqui, talvez em algum porão inferior, abaixo deste, fluísse água numa corrente lenta e sussurrante. Quando eu tinha cinco ou seis anos, meus pais uma vez me levaram para um passeio, provavelmente na Galileia, e tenho a vaga lembrança de uma estrutura feita de uma pedra pesada e coberta de manjerona, talvez uma ruína antiga, onde também se ouvia de longe o murmúrio abafado de água fluindo no escuro. Levantei-me então e perguntei a Iardena se havia mais partes da casa que ela tinha a intenção de me mostrar. Ela dirigiu a lanterna a meu rosto, ofuscando-me, e perguntou zombeteiramente aonde eu estava indo com tanta pressa. É o seguinte, respondi, eu não queria roubar-lhe a noite inteira. Esta noite eu ainda preciso terminar a declaração de renda anual. E deixei o celular em cima da mesa, no meu escritório, e talvez Eti esteja me procurando. De qualquer maneira vou ter de voltar aqui para conversar com sua mãe e talvez também com sua avó. Mas não, você tem razão, de fato não estou com pressa.

Ela parou de me ofuscar e dirigiu a lanterna para o chão entre nós. Mas eu, disse surpresa, eu também não estou com pressa. Temos toda a noite pela frente, ela ainda é uma criança. Conte-me um pouco sobre você. Ou melhor, não conte. O que preciso saber eu já sei, e o que não sei não me é necessário para nada. Aqui neste porão, disse, quando eu era pequena, meu pai me trancava por uma ou duas horas toda vez que eu o irritava. Por exemplo, uma vez, quando eu tinha oito ou nove anos, eu estava junto à escrivaninha dele e vi seus manuscritos, cheios de rasuras, peguei um lápis e desenhei em cada página um gatinho sorridente ou um macaquinho fazendo careta. Eu queria alegrá-lo. Mas meu pai ficou furioso e me trancou no porão, no escuro, para que aprendesse que me era proibido tocar nos escritos dele e até mesmo olhá-los. Mil anos eu fiquei aqui, até que ele mandou a vovó abrir e me libertar. E realmente desde então não toco e não olho. Não li qualquer de seus livros, e quando ele morreu entregamos as três, vovó, mamãe e eu, todos os seus cadernos e fichas e anotações ao arquivo da Associação dos Escritores. Não quisemos nos ocupar do espólio. Vovó, porque já não consegue ler mais nada sobre o Holocausto, ela tem pesadelos, mamãe porque tem raiva de meu pai, e eu sem motivo algum. Simplesmente não gosto de livros como os dele, e não suporto seu estilo. Quando eu estava no décimo ano, nos obrigaram em classe a ler e interpretar um capítulo de um de seus romances e senti como se ele, como dizer, como se ele me mantivesse fechada e comprimida e sufocada junto com ele debaixo de seu cobertor, com os cheiros de corpo dele, sem luz e sem ar. Desde então não li e não tentei ler nada do que ele escreveu. E você?

  Eu disse que tentara uma vez ler um romance de Eldad Rubin, afinal de contas ele era daqui, de nossa aldeia, e toda a aldeia se orgulha dele, mas não consegui terminar. Leio livros de suspense, suplementos econômicos dos jornais, e às vezes alguns livros sobre política e biografias de líderes e governantes.

  Iardena disse, Que bom que você veio esta noite, Iossi. E eu estendi uma mão hesitante e toquei por um momento em seu ombro, e como ela se calou e não disse nada tomei sua mão na minha, e depois de um instante também a outra mão e assim ficamos sentados alguns minutos um em frente ao outro sobre dois caixotes no porão, suas mãos presas nas minhas, como se o fato de nós dois não lermos os escritos de Eldad Rubin tivesse criado entre nós uma cumplicidade. Ou talvez não esse fato, e sim o vazio da casa e o silêncio do porão com sua profusão de aromas densos.

Após alguns minutos Iardena se levantou, e eu também me levantei, ela puxou as mãos de dentro das minhas e me abraçou, e se colou em mim com todo o calor de seu corpo, e mergulhei meu rosto em seus longos cabelos castanhos e aspirei para dentro de mim o seu perfume, um delicado cheiro de xampu de limão com um leve toque de sabonete. E beijei-a duas vezes, nos cantos de seus olhos, e assim ficamos os dois, sem nos mover, e senti uma estranha mistura de desejo com amor fraterno e afeto. Venha, ela disse, vamos subir agora para a cozinha e comer alguma coisa, mas não parou de me abraçar com os dois braços, como se seu corpo não ouvisse o que seus lábios me diziam. Minha mão acariciou suas costas e suas mãos apertaram as minhas, e senti seus seios pressionados contra meu peito e o sentimento de amor fraternal ainda era mais forte do que o desejo. Acariciei então seus cabelos com carícias lentas e demoradas e de novo a beijei nos cantos dos olhos, mas evitei seus lábios, como se tivesse medo de abrir mão do que já tinha por outra coisa que não existia. Ela afundou a cabeça no nicho do meu pescoço, e o calor da sua pele se irradiou à minha e despertou-me uma alegria silenciosa que superou o desejo e refreou meu corpo. Seu abraço tampouco era de desejo, mas de quem se agarrava em mim para não tropeçar e cair.

7.

E depois encontramos no porão a velha cadeira de rodas de seu pai inválido, o escritor Eldad Rubin, estofada com almofadas esfarrapadas e com grandes rodas revestidas de argolas de borracha. Iardena fez-me sentar nessa cadeira e começou a me empurrar, indo e vindo na extensão do porão, da escada até os montes de sacos e das prateleiras de legumes em conserva às pilhas de livros amontoados. Enquanto me empurrava ela ria e dizia, Agora posso fazer com você o que quiser. Eu também ri e disse, E o que você quer fazer comigo? Iardena disse que ela tinha vontade de me adormecer, para que eu adormecesse e dormisse aqui o sono doce de porões. Shhh, durma, disse, durma tranquilo, shhh, e em sua voz havia uma doçura amarga ao pronunciar essas palavras. E depois começou a cantar para mim uma canção de ninar estranha, absurda, sobre tiros e violência na noite, sobre um pai em quem estão atirando e sobre uma mãe que daqui a pouco também vai assumir a guarda, o celeiro arde em Tel Iossef, e de Beit Alfa sobe fumaça também, só você, meu neném, deite e durma tranquilo.

Essa canção combinava com a casa em que estávamos e combinava especialmente com este porão e com Iardena, que não parava de me conduzir a todos os cantos do porão num movimento cuidadoso e lento, e de vez em vez deslizava sua mão em minha cabeça e em meu rosto, e passava um dedo macio sobre meus lábios, até que realmente comecei a sentir um agradável relaxamento se espalhar por todo o meu corpo e quase cerrei os olhos, mas uma sensação preocupante de perigo se insinuou sob a sonolência e impediu-me de adormecer. Meu queixo se apoiou em meu peito, e meus pensamentos se dirigiram à estranha mulher que me aparecera junto à estátua no maltratado Jardim da Recordação atrás da Casa de Cultura, a excursionista vestida feito montanhista dos Alpes, com um estranho chapéu cheio de alfinetes e fivelas, o modo como cravara em mim um olhar cheio de desprezo e depois, quando me afastei e olhei para trás, havia desaparecido de repente, como se nunca tivesse existido. Esta casa, eu vou comprar quase que a qualquer preço, resolvi, envolto numa doce sonolência, vou comprá-la e vou demoli-la até os alicerces, apesar de sentir atração por ela. De algum modo eu tinha certeza de que esta casa devia ser demolida, apesar de ser quase a última e de que em breve não restaria em Tel Ilan nenhuma casa da época dos primeiros habitantes. A descalça Iardena beijou-me a cabeça, deixou-me na cadeira de rodas e se afastou na ponta dos pés, como a dançar para si mesma, subiu os degraus, saiu com a lanterna e fechou a porta atrás de si, e eu estava na cadeira de rodas, profundamente relaxado, e sabia que tudo estava bem, e que eu não tinha para onde me apressar.

Arad, 2008

Os que esperam

1.

Tel Ilan, uma aldeia antiga que já completara cem anos, era cercada de pomares e jardins frutíferos. Nos declives das colinas a leste estendiam-se vinhedos de uvas viníferas. Do outro lado da estrada, renque após renque, cresciam amendoeiras. Os telhados, com suas telhas vermelhas, estavam imersos no espesso verde das copas de velhas árvores. Muitos dos habitantes ainda se dedicavam à agricultura e tinham como ajudantes trabalhadores de fora, que moravam em cabanas nos fundos dos quintais. Mas alguns dos homens da aldeia já tinham arrendado suas propriedades e viviam de alugar quartos a visitantes, de galerias e butiques da moda, assim como de trabalho externo. Dois restaurantes especiais para *gourmets* foram abertos no centro da aldeia, e também uma adega caseira, e uma loja de peixes ornamentais. Um dos moradores montou uma pequena oficina que fabricava móveis em estilo antigo. Aos sábados a aldeia se enchia de visitantes, entre os que vinham comer e os que vinham em busca de achados e pechinchas para comprar. E ao meio-dia de toda sexta-feira as ruas da aldeia se esvaziavam e todos os moradores se deitavam para descansar atrás de persianas cerradas.

    Beni Avni, o presidente do Conselho de Tel Ilan, era um homem magro e alto, de ombros encurvados, roupas um tanto desleixadas, cujo suéter comprido e largo demais o fazia parecer desajeitado. Tinha o andar resoluto, inclinado um pouco para a frente, como quem enfrenta o vento. Seu rosto era agradável, a testa alta, os lábios delicados, e seus olhos castanhos tinham uma expressão atenta e curiosa, como a dizer sempre: Eu gosto de você e gostaria que me contasse mais sobre você mesmo. Mesmo assim, também sabia refutar, sem que o refutado assim se sentisse.

    Em uma sexta-feira de fevereiro, à uma hora da tarde, Beni Avni estava sozinho no escritório do Conselho e respondia a cartas de moradores. Todos os funcionários do Conselho já tinham ido para casa descansar, pois às sextas-feiras o Conselho fechava ao meio-dia. Era costume de Beni Avni dedicar as primeiras horas da tarde de sexta-feira, após o encerramento do expediente, a escrever uma carta pessoal de resposta a cada um que se dirigira a ele. Ainda lhe restavam duas ou três cartas, e depois delas pretendia ir para casa, almoçar, tomar uma ducha e deitar para dormir até o anoitecer. No início da noite, véspera de sábado, Beni Avni e sua mulher, Naava, tinham sido convidados a participar de um grupo de canto coletivo, na casa de Dália e Avraham Levin, no fim da travessa Maale Beit Hashoevá.

    Ainda estava sentado escrevendo à mão as últimas respostas, quando alguém bateu hesitantemente à porta de seu gabinete. Era um gabinete provisório, mobiliado apenas com uma escrivaninha, duas cadeiras e uma estante para pastas, pois o prédio do Conselho estava em reforma já havia alguns meses. Beni Avni disse, Entre, e levantou os olhos de seus papéis. Entrou um rapaz árabe chamado Adel, estudante ou ex-estudante que morava

e trabalhava no terreno da casa de Rachel Franco, na extremidade da aldeia, junto à muralha de ciprestes do cemitério. Beni o conhecia, sorriu calorosamente, fitou-o com bons olhos e disse:
"Sente."

Adel, um rapaz de óculos, pequeno e magro, continuou timidamente de pé diante da escrivaninha do presidente do Conselho, a dois passos de distância, inclinou a cabeça num gesto de respeito e se desculpou:

"Com certeza estou perturbando. A esta hora o escritório já fechou."

Beni Avni disse:
"Não faz mal. Sente."

Adel hesitou um pouco, sentou na beira da cadeira sem se recostar, e disse:

"É o seguinte. Sua esposa me viu andando em direção ao centro e me disse para passar por aqui no caminho e lhe entregar uma coisa. Ou melhor, uma carta."

Beni Avni estendeu a mão e recebeu de Adel o bilhete.
"Onde você a encontrou?"
"Ao lado do Jardim da Recordação."
"Em que direção ela foi?"
"Não foi. Ficou sentada num banco."

Adel se levantou, hesitou, perguntou se ainda precisava dele para alguma coisa, Beni Avni sorriu e respondeu com um sacudir de ombros que não precisava de nada. E Adel disse, Muito obrigado, e saiu de ombros encurvados. Beni Avni abriu o bilhete dobrado e nele encontrou, na caligrafia redonda e serena de Naava, numa folha arrancada da caderneta da cozinha, as quatro palavras:

"Não se preocupe comigo."

Ele ficou surpreso com essas palavras. Todo dia ela sempre o espera em casa para o almoço. Ele chega à uma hora e ela encerra às doze seu trabalho como professora na escola fundamental. Naava e Beni ainda se amavam, mesmo depois de dezessete anos de casamento, mas no dia a dia o que havia entre os dois era certa medida de gentileza recíproca misturada a uma espécie de contida impaciência. Ela não gostava do ativismo público dele nem dos assuntos do Conselho, que o perseguiam até em casa, e não suportava sua democrática afetividade, que ele derramava em abundância e sem critério sobre todos. Por seu lado, aborrecia-o a dedicação emocionada e o amor dela às artes e às estatuetas de barro que modelava e cozia num forno especial. O cheiro de barro queimado que às vezes emanava das roupas dela não lhe agradava.

Beni Avni telefonou então para casa e deixou tocar oito ou nove vezes antes de admitir que Naava não estava. Achou estranho que ela tivesse saído exatamente na hora de preparar o almoço, e mais estranho ainda que lhe tivesse enviado um bilhete por um portador, sem se preocupar em dizer aonde fora e quando voltaria. Não conseguia assimilar o bilhete, e a escolha do portador fora surpreendente. Mas não ficou preocupado. Naava e ele, quando saíam de casa sem avisar, sempre costumavam deixar bilhetes curtos um para o outro, debaixo de um vaso na sala.

Beni Avni acabou então de escrever as duas últimas cartas, uma para Ada Dvash, sobre a transferência da agência do correio, a segunda para o tesoureiro do Conselho, sobre os direitos de pensão de um dos funcionários, arquivou numa pasta as cartas que recebera, pôs todas as suas cartas na prateleira de saída para o correio, verificou as janelas e as persianas, vestiu seu paletó de napa três-quartos, trancou o escritório duas vezes e pôs-se a caminho. Pretendia passar pelo Jardim da Recordação e pelo banco no qual Naava ainda poderia estar sentada e levá-la de lá para irem juntos para casa e para o almoço. Depois voltou e retornou ao escritório porque pensou ter esquecido de desligar o computador ou deixado a luz do banheiro acesa. Mas o computador estava desligado e a luz do banheiro apagada, e Beni Avni saiu novamente, trancou a porta duas vezes e foi procurar sua mulher.

2.

Naava não estava no banco junto ao Jardim da Recordação e não se podia vê-la em lugar nenhum. Mas Adel, o estudante magro, lá estava sentado sozinho, um livro aberto virado sobre os joelhos, pois ele não estava lendo, mas olhando para a rua; sobre sua cabeça pardais cantavam nas copas das árvores. Beni Avni pousou sua mão no ombro de Adel e perguntou com delicadeza, como se temesse magoá-lo, se Naava não havia estado lá. Adel respondeu que ela estivera antes, mas agora já não estava. Estou vendo que ela não está, disse Beni Avni, mas pensei que você soubesse para onde ela foi. Adel disse, Desculpe. Sinto muito. E Beni Avni respondeu, Está bem. Você não tem culpa.

Ele se dirigiu a sua casa pela rua da sinagoga e pela rua Tribos de Israel. Seu andar era enviesado, a cabeça e os ombros a pender um pouco para frente, como se enfrentasse um obstáculo invisível. Quem quer que o encontrasse pelo caminho o saudava com um "shalom" e uma expressão de simpatia, porque Beni Avni era um presidente do Conselho estimado e aceito pela maioria dos habitantes. Ele também saudava cada um com um sorriso amável, perguntava, Como vai, o que há de novo, e às vezes acrescentava que a questão das calçadas rachadas já estava sendo tratada. Mais um pouco e todos estarão em suas casas para o almoço e para o descanso das sextas-feiras, e as ruas da aldeia estarão desertas de gente.

A porta de entrada não estava trancada e na cozinha o rádio ainda estava ligado, em volume baixo. Alguém falava sobre a expansão da rede ferroviária e sobre as vantagens do transporte ferroviário sobre o rodoviário. Em vão Beni Avni procurou um bilhete de Naava no lugar de sempre, sob o vaso, na sala. Mas sobre a mesa da cozinha esperava-o o seu almoço, um prato coberto com outro prato para que a comida não esfriasse: um quarto de frango, purê de batata, cenoura cozida e ervilha. À esquerda e à direita, uma faca e um garfo, e embaixo da faca um guardanapo dobrado. Beni Avni esquentou seu prato por dois minutos no micro-ondas, pois, apesar de estar coberta, a comida já esfriara um pouco. Enquanto isso tirou da geladeira uma garrafa de cerveja, que verteu num copo grosso. Depois se sentou para comer e comeu com voracidade, mas sem gosto, enquanto ouvia o rádio, que transmitia música leve com longos intervalos comerciais. Em um desses intervalos pareceu-lhe ter ouvido os passos de Naava no caminho de entrada da casa. Ele se levantou, foi até a janela da cozinha e olhou para fora durante muito tempo, mas o quintal estava deserto; entre os espinheiros e os trastes ali amontoados viam-se apenas um varal de carroça desmontado e duas bicicletas enferrujadas.

 Depois do almoço ele pôs prato, copo e talheres na pia e foi tomar uma ducha. No caminho desligou o rádio, e um profundo silêncio reinou na casa. Só se ouvia o tiquetaquear do relógio de parede. As duas filhas gêmeas de doze anos, Iuval e Inbal, estavam num passeio da escola à Galileia superior. O quarto delas estava fechado, e ele, ao passar, abriu a porta e olhou para dentro. As persianas no quarto das filhas estavam cerradas, e um leve cheiro de sabonete e de roupa passada pairava no ar. Ele fechou delicadamente a porta do quarto das filhas e foi para o chuveiro. Depois de despir a camisa e as calças e ficar em roupa de baixo, teve de repente uma inspiração e dirigiu-se ao telefone. Ainda não estava preocupado, mas assim mesmo se perguntava para onde Naava havia sumido e por que não o havia esperado como sempre para o almoço. Ligou para Guili Steiner e perguntou se Naava estaria lá por acaso. Guili disse:

"Não está, não. Por quê? Ela lhe disse que vinha para cá?"

Beni Avni disse:

"Aí é que está, ela não disse nada."

Guili disse:

"O armazém fecha às duas horas. Quem sabe ela ainda teve tempo de dar um pulo no armazém?"

Beni Avni disse:

"Obrigado, Guili. Tudo bem. Ela com certeza já vai voltar. Não estou preocupado."

Não obstante, procurou e achou o número do telefone do armazém de Victor. Por um bom tempo o telefone ficou tocando sem que alguém se desse o trabalho de atender. Finalmente irrompeu pelo fone a voz de tenor fanhosa do velho Liberman, que disse numa entonação de cantor de sinagoga:

"Sim, pois não? Aqui fala Shlomo Liberman, do armazém. Em que podemos servi-lo?"

Beni Avni perguntou sobre Naava, e o velho Liberman respondeu com tristeza:

"Não, *chaver* Avni, sinto muito, sua esposa Naava não se apresentou aqui hoje. Não tivemos o privilégio e o prazer de ver seu radioso rosto. E é duvidoso que os tenhamos, pois dentro de dez minutos vamos fechar e ir para casa nos preparar para receber a rainha Shabat."

Beni Avni despiu a roupa de baixo, entrou no chuveiro, regulou a quentura da água e banhou-se demoradamente. Enquanto se banhava pensou ter ouvido a porta ranger. Assim, ainda se enxugando, ergueu a voz e chamou, Naava? Mas não houve resposta. Vestiu uma roupa de baixo limpa e calças cáqui, saiu e averiguou na cozinha, e foi até a sala, e olhou na salinha de tevê, e de lá foi ao quarto de dormir, e ao jardim de inverno que era também o estúdio da criação artística de Naava. Ali ela se fechava durante horas, modelava figuras no barro, figuras de criaturas imaginárias e de lutadores, homens com queixo quadrado e às vezes também com nariz quebrado. Todas essas figuras Naava punha para cozer no forno que ficava na despensa. Por isso ele foi até a despensa, acendeu a luz e lá ficou por um momento, piscando, e viu apenas as figuras retorcidas e o forno apagado, cercado de escuras sombras a rolar entre as estantes empoeiradas.

Beni Avni perguntou a si mesmo se devia deitar para descansar sem esperar por ela. Voltou à cozinha para pôr a louça na lavadora de pratos, e aproveitou para examinar a lavadora, pelo seu conteúdo, ele poderia saber se Naava tinha comido sozinha antes de sair ou se ainda não tinha comido. Mas a lavadora estava quase cheia de louça esperando para ser lavada e era impossível saber qual prato e talher Naava teria usado no almoço e quais os que já estavam lá antes disso.

Na pia havia uma panela com carne de frango cozida. Dessa panela tampouco se podia concluir se Naava tinha comido e deixado a carne para o dia seguinte ou se saíra sem comer. Beni Avni sentou-se ao lado do telefone e ligou para Batia Rubin, para perguntar se Naava por acaso estava lá. Mas o telefone tocou, tocou, dez, quinze vezes, e ninguém atendeu. Beni disse consigo mesmo, *Nu*, realmente... e dirigiu-se ao quarto, para deitar e descansar. Junto à cama estavam os chinelos de Naava, pequenos, coloridos e um pouco gastos nos calcanhares, como dois barcos de brinquedo. Por quinze ou vinte minutos Beni ali ficou sem se mover, deitado de costas e com os olhos fixos no teto. Naava ofendia-se facilmente, e ele aprendera com o tempo que toda tentativa de apaziguá-la com palavras a mortificava novamente. Por isso preferia se reprimir e deixar que o tempo reduzisse ou amortecesse o sentimento de ofensa dela. Ela contemporizava, mas não esquecia. Certa vez a melhor amiga dela, a dra. Guili Steiner, propusera a ele montar na galeria do Conselho da Aldeia uma pequena exposição das estatuetas de Naava. Beni Avni foi muito receptivo e prometeu considerar a proposta e dar uma resposta, mas decidiu finalmente que isso talvez fosse errado, do ponto de vista público: os trabalhos de Naava só eram, afinal, trabalhos de uma amadora, e a exposição poderia realizar-se num dos corredores da escola em que ela trabalhava, e não na galeria do Conselho, para evitar rumores de favorecimento ou privilégio familiar etc. Naava não disse nada, mas durante algumas noites ficou de pé passando roupa no quarto de dormir, até as três ou quatro horas da madrugada. Passou tudo, até toalhas de banho e a roupa de cama.

Ao cabo de vinte minutos Beni Avni levantou-se de repente, vestiu-se, desceu ao porão, acendeu a luz, e com isso pôs em fuga todo um bando de insetos, revistou caixotes e malas, apalpou a furadeira elétrica, deu umas batidinhas no tonel de vinho, que lhe respondeu num tom abafado e oco, apagou a luz, subiu à cozinha, hesitou um ou dois minutos, vestiu sobre o suéter desajeitado seu casaco de napa três-quartos e saiu de casa sem trancá-la. Apressou-se, curvado para frente como a lutar com um forte vento contrário, e foi procurar sua mulher.

3.

Por volta do meio-dia de uma sexta-feira não há ninguém nas ruas da aldeia, todos estão descansando o curto descanso das sextas-feiras e reunindo forças para o programa da véspera do sábado. Era um dia cinzento e úmido, nuvens baixas passavam sobre os telhados das casas, e farrapos de uma névoa fina pairavam nas ruas desertas. As casas nos dois lados do caminho estavam fechadas e mergulhadas na sonolência. Um vento de meados de um dia de fevereiro carregava um pedaço de jornal antigo através da largura da rua deserta, e Beni curvou-se, recolheu-o e o pôs em uma das latas de lixo. Um grande cão vira-lata grudou nele junto ao Jardim dos Primeiros e começou a segui-lo enquanto resmungava, rosnava e lhe arreganhava os dentes. Beni repreendeu o cão, que se enfureceu e parecia armado para o bote. Beni curvou-se, empunhou uma pedra e ergueu energicamente o braço. O cão afastou-se, rabo entre as pernas, mas continuou a seguir Beni Avni a uma distância segura. E assim andaram os dois ao longo da rua deserta, cerca de dez metros a separá-los, e dobraram à esquerda, para a rua dos Fundadores. Aqui também todas as persianas estavam cerradas para o descanso do meio-dia. Na maioria das casas havia persianas antigas de madeira, pintadas de um verde desbotado, persianas das quais algumas lâminas haviam se entortado ou tinham se desprendido.

Aqui e ali, nos terrenos das casas, que uma vez haviam sido explorados economicamente e agora estavam abandonados, Beni Avni via um pombal decrépito, um redil que passara a ser depósito, o cadáver de uma caminhonete antiga atolado até a cintura num matagal selvagem junto a um telheiro de lata aos pedaços, uma casinha de cachorro vazia. Altas palmeiras cresciam na frente das casas. Na frente da casa dele também houvera uma vez duas velhas palmeiras, mas a pedido de Naava haviam sido extirpadas quatro anos atrás, porque o rumor de suas folhas ao vento contra a janela do dormitório perturbava o sono dela e lhe causava irritação e tristeza.

Em alguns dos quintais cresciam arbustos de jasmim e de aspargos, em outros só havia mato, entre altos pinheiros que sussurravam ao vento. Beni Avni passou em seu andar desbravador e inclinado para frente ao longo da rua dos Fundadores e a das

Tribos de Israel, chegou ao Jardim da Recordação e parou um pouco junto ao banco no qual, assim contara Adel, Naava estava sentada quando lhe pedira que pegasse o bilhete com as palavras, Não se preocupe comigo, e o levasse a Beni no gabinete provisório do Conselho da Aldeia.

Quando Beni Avni se deteve junto a esse banco, a dez metros de distância deteve-se também o cão que o seguia. O cão já não rosnava nem arreganhava os dentes, mas de longe contemplava Beni com um olhar inteligente e perquiridor. Naava engravidara quando os dois eram estudantes solteiros em Tel Aviv, ela no seminário para professores, ele no curso de administração de negócios. Mas duas horas antes de sua vez, marcada para as dez da manhã no ambulatório particular da rua Raines, Naava arrependeu-se e quis voltar atrás. Ela aninhou a cabeça no peito dele e começou a chorar. Ele não cedeu e apelou-lhe que fosse racional, pois não havia alternativa, e toda a questão, afinal, era mais ou menos como arrancar um dente de siso.

Ele a esperou no café em frente ao ambulatório, lendo os dois jornais vespertinos, inclusive os suplementos esportivos. Menos de duas horas depois Naava saiu, pálida, e os dois voltaram de táxi para seu quarto no dormitório de estudantes. Lá já esperavam por Beni Avni seis ou sete estudantes barulhentos, rapazes e moças, que tinham ido para uma reunião que fora marcada havia tempo. Naava ficou deitada na cama, num canto do quarto, tentando se cobrir até a cabeça, mas as discussões e os gritos e as piadas e a fumaça dos cigarros penetravam até ela. Naava foi tomada de fraqueza e enjoo, e tateou entre os presentes apoiada nas paredes, até chegar ao banheiro. Sua cabeça girava e as dores voltaram, pois o efeito da anestesia havia passado. Ela viu que alguém tinha vomitado no chão e no assento da privada. Não pôde conter-se e vomitou também. Depois ficou no banheiro por longo tempo e chorou de pé, as mãos apoiadas na parede e o rosto nas mãos, até que os barulhentos visitantes se dispersaram e Beni a encontrou em pé no banheiro, a tremer, e ele a abraçou pelos ombros e a levou delicadamente até a cama. Dois anos depois eles se casaram, mas Naava não conseguia engravidar. Diversos médicos a assistiram com tratamentos desse ou daquele tipo. Após cinco anos nasceram as gêmeas, Iuval e Inbal. Sobre aquela tarde no quarto de estudantes em Tel Aviv, Naava e Beni não conversaram uma única vez. Como se tivessem concordado entre eles que não havia mais necessidade alguma de falar sobre isso. Naava dava aulas na escola e nas horas livres modelava, no jardim de inverno, monstros e cabeças de lutadores com o nariz quebrado, os quais ela cozia no forno que instalara na despensa. Beni Avni foi eleito presidente do Conselho da Aldeia de Tel Ilan, e quase todos os habitantes tinham-lhe amizade e estima, porque sabia ouvir com atenção todo aquele que o procurava e porque agia e se comportava com modéstia. Embora também soubesse sujeitar à sua vontade a vontade alheia, e o fazia quase sem que os vencidos percebessem que tinham sido vencidos.

4.

Na esquina da rua da sinagoga ele parou um instante e voltou-se para ver se o cão ainda seguia em seus calcanhares. O cão estava junto à entrada de um dos quintais, o rabo entre as pernas, a boca um pouco aberta, e olhava para Beni com paciência e curiosidade. Beni chamou-o em voz baixa, Vem cá, e o cão aprumou-se, espetou as orelhas e sua língua rósea distendeu-se de sua boca. Parecia que ele se interessava por Beni, mas preferia manter distância. Não havia alma viva nas ruas da aldeia, nem gato nem passarinho, só ele e o cão e as nuvens, que haviam baixado até quase tocar a copa dos ciprestes.

Junto à torre d'água, apoiada sobre três pernas de concreto, havia um abrigo subterrâneo público, e Beni experimentou a porta de ferro, descobrindo que não estava trancada. Desceu então doze degraus. Um sopro úmido e bolorento tocou sua pele, e ele tateou até achar o interruptor de luz, mas não havia luz naquele abrigo. Mesmo assim ele foi até o fundo daquele espaço escuro e tateou entre objetos indistintos uma pilha de colchões ou camas dobráveis e algo como uma cômoda desmontada. Ele aspirou profundamente o ar espesso, apalpou na escuridão seu caminho de volta às escadas e no trajeto experimentou de novo, em vão, o interruptor de luz. Depois fechou a porta de ferro e saiu para a rua deserta.

Enquanto isso o vento quase cessara, mas a neblina se adensara e embaçava o contorno das velhas casas, algumas das quais tinham sido construídas havia mais de cem anos. O reboco amarelo dos muros tinha rachado e esfarelado, deixando aqui e ali manchas cinza de calvície. Antigos pinheiros cresciam cinzentos nos quintais, e uma muralha de ciprestes separava uma casa de outra. Em um ou outro lugar via-se uma cortadora de grama enferrujada ou uma bacia em pedaços no meio de um matagal de urtigas, capim-de-burro e escamônias.

Beni Avni assobiou baixinho para o cão, mas ele ainda guardou distância. Na frente do prédio da sinagoga, construída com a fundação da aldeia no início do século anterior, havia um quadro de avisos que ostentava anúncios dos filmes do cinema local e da produção vinícola, ao lado de comunicados do Conselho, com a assinatura dele. Beni deteve-se um instante para ler esses comunicados, mas por algum motivo eles lhe pareceram equivocados ou totalmente supérfluos. Por um momento achou ter visto um vulto passar na esquina, mas quando se aproximou só viu arbustos no nevoeiro. No alto do prédio da sinagoga havia um candelabro de metal, e nas portas estavam gravados leões e estrelas de Davi. Ele subiu os cinco degraus e experimentou a porta, que estava fechada mas não trancada. No salão da sinagoga, o ar estava fresco e empoeirado na quase escuridão. Acima da arca sagrada, que estava coberta com uma cortina, iluminada por uma pálida luz perpétua elétrica, estendia-se a inscrição *Shiviti Adonai lenegdi tamid*, "Tenho sempre o Senhor diante de mim". Durante alguns minutos Beni perambulou entre os assentos no escuro, depois subiu para o setor feminino. Nos bancos estavam espalhados livros de oração amarfanhados, com encadernações pretas. Um cheiro de suor antigo chegou a suas narinas, junto com o odor das velhas encadernações. Ele passou a mão em um dos assentos, pois lhe parecera por um momento que algo, um véu ou uma echarpe, talvez ainda estivesse sobre ele.

Ao sair da sinagoga Beni Avni viu o cão a esperar por ele ao pé dos degraus. Ele bateu então o pé e disse, Vá embora de uma vez. Suma daqui. O cão, que tinha uma coleira e nela pendurada uma placa de identificação, inclinou um pouco a cabeça, abriu a boca e estendeu a língua, como se esperasse pacientemente uma explicação. Mas não veio explicação nenhuma. Beni voltou-se para continuar seu caminho, os ombros encurvados, o suéter desajeitado a despontar debaixo do casaco de napa três-quartos. Dava largos passos, o corpo inclinado para frente como a proa de um navio a romper as ondas. O cão não desistiu dele, mas ainda guardou distância.

Aonde ela poderia ter ido? Talvez para a casa de uma das amigas, e se esquecera de voltar. Ou tinha ficado no trabalho, na escola, por causa de alguma questão urgente. Talvez estivesse na enfermaria. Havia algumas semanas, durante uma briga, Naava lhe dissera que a cordialidade dele era uma máscara permanente, e por baixo da máscara — Sibéria. Ele não respondera, apenas sorrira afetuosamente, como sempre costumava fazer quando ela se irritava com ele. Naava perdeu as estribeiras e disse, Nada importa a você. Nem nós, nem as filhas. Ele continuou a sorrir com afeto e pousou a mão no ombro dela para acalmá-la, mas ela repeliu a mão num movimento brusco, saiu e bateu a porta. Uma hora depois ele lhe trouxe um chá quente de ervas com mel, para o lugar dela no jardim de inverno, que ela usava como seu cantinho de criação. Ele achava que ela estava ficando ligeiramente resfriada. Não havia resfriado nenhum, mas Naava aceitou o chá e lhe disse numa voz suave:

"Obrigada, isso não era necessário."

5.

E quem sabe, enquanto ele percorria os caminhos desertos em meio à neblina, ela não teria voltado para casa? Por um instante ele considerou dar a volta e retornar a sua casa, mas a ideia da casa vazia — principalmente a imagem do quarto de dormir vazio com seus chinelos coloridos que pareciam barcos de brinquedo aos pés da cama — o reteve e ele resolveu ir em frente, e caminhou, ombros projetados para frente, pela rua do Vinhedo e pela rua Tarpat, até chegar à escola fundamental onde Naava ensinava. Ele mesmo, havia cerca de um mês, lutara ferrenhamente com seus adversários no Conselho e também com a Secretaria de Educação e vencera, e conseguira obter verbas para a construção de quatro novas salas de aula e uma espaçosa arena esportiva.

Os portões de ferro da escola já estavam trancados para o *shabat*. O prédio e o pátio eram cercados por uma grade de ferro encimada por espirais de arame farpado. Beni Avni circundou todo o prédio duas vezes, até encontrar um lugar onde poderia escalar e chegar ao pátio. Ele acenou para o cão, que o observava da calçada em frente, agarrou com ambas as mãos duas barras de ferro puxando o corpo para cima, empurrou com os dedos o arame farpado e se cortou, e rolou para dentro num pulo que o fez torcer um pouco o pé. Mancando levemente caminhou pelo pátio, as costas da mão direita sangrando do corte no arame farpado.

  Atravessou o pátio e penetrou no prédio por uma entrada lateral, e achou-se num longo corredor para o qual davam, de ambos os lados, muitas salas de aula. Um cheiro de suor, de restos de alimento e de giz pairava no ar. O chão estava pontilhado de pedaços de papel e de cascas de laranja e tangerina. Beni Avni entrou em uma das salas, cuja porta estava semiaberta, e viu sobre a mesa do professor um pano empoeirado e uma folha arrancada de um caderno, com algumas linhas rabiscadas. Ele se inclinou e examinou a caligrafia, que era feminina, mas não era a caligrafia de Naava. Beni Avni repôs sobre a mesa do professor a folha de papel, que se manchara com seu sangue, e ergueu o olhar para o quadro-negro, onde estava escrito com a mesma caligrafia feminina: "Comparar a vida tranquila da aldeia com a ruidosa vida urbana — favor entregar até quarta-feira, o mais tardar". Embaixo dessa inscrição viam-se as palavras: "Deve-se ler muito bem em casa os três próximos capítulos, e se preparar para responder a todas as perguntas de cor". Na parede estavam pendurados os retratos de Herzl, do presidente do Estado de Israel e do primeiro-ministro, assim como alguns cartazes ilustrados, num dos quais estava escrito "Os amantes da natureza protegem as flores silvestres".

  As carteiras amontoavam-se confusamente, como se os alunos as tivessem empurrado em sua arremetida para a saída ao primeiro toque da campainha. Nos parapeitos das janelas, os gerânios pareciam ressecados e maltratados. Diante da mesa do professor estava pendurado um grande mapa de Eretz Israel com um grosso círculo verde em torno da aldeia Tel Ilan, entre as montanhas da região de Menashé. E do cabide pendia um único e órfão suéter. Beni Avni saiu da sala e, mancando um pouco, continuou a perambular por mais algum tempo pelos corredores vazios. Gotas de sangue pingavam de sua mão ferida e sinalizavam seu percurso. Quando chegou aos banheiros no fim do corredor, seus pés arrastaram-no e fizeram-no entrar e procurar no banheiro feminino. Um ligeiro fedor o acolheu, mas ele achou que esse fedor era um pouco diferente do fedor do banheiro masculino. Havia cinco portas no banheiro feminino, e Beni Avni abriu cada uma delas e verificou o que havia por trás, e espiou também dentro do armário do material de limpeza. Depois saiu, voltou sobre os próprios passos, e foi para outro corredor, e depois para outro ainda, até finalmente encontrar a porta da sala dos professores. Hesitou um pouco, passou um dedo sobre a pequena placa de metal com os dizeres "Sala dos Professores — é vedada a entrada a alunos sem licença especial". Por um momento pareceu-lhe que atrás daquela porta fechada estava havendo alguma reunião, e ele não queria atrapalhar, ao mesmo tempo que se sentia ansioso por, sim, perturbá-los no meio da reunião, mas a sala dos professores estava deserta e escura, as janelas e as cortinas cerradas.

Em cada lado da sala havia uma fileira de estantes com livros, e em seu centro uma mesa larga e comprida cercada de umas vinte e cinco cadeiras. Sobre a mesa, xícaras de chá e de café vazias ou semivazias, alguns livros, diários de classe, algumas circulares impressas e blocos de notas. Ao lado da janela mais afastada, um grande armário com uma gaveta para cada professor. Ele procurou e puxou para fora a gaveta de Naava Avni, colocou-a sobre a mesa e nela encontrou uma pilha de cadernos, um pacote de giz, uma cartela de tabletes para dor de garganta e um antigo e vazio estojo de óculos de sol. Depois de meditar um pouco, devolveu a gaveta a seu lugar. Numa extremidade da mesa, sobre o encosto de uma das cadeiras, Beni Avni viu uma echarpe que lhe pareceu conhecida, semelhante a uma das echarpes de Naava, mas não tinha como ter certeza naquela penumbra. Mesmo assim recolheu a echarpe, limpou com ela o sangue no dorso da mão, dobrou-a e enfiou-a no bolso de seu casaco de napa. Saiu então da sala dos professores e capengou ao longo do corredor e de suas muitas portas, enveredando no fim para outro corredor. No caminho, espiou em cada sala, experimentou a porta da enfermaria, que estava trancada, deu uma olhada no quartinho de serviço vazio, até descobrir uma saída do prédio, um acesso diferente daquele pelo qual entrara. Mancando, atravessou o pátio, de novo escalou a grade, empurrou e comprimiu o arame farpado, passou sobre ele e pulou para a rua, desta vez à custa de um fino corte na manga do casaco.

Ele ficou por algum tempo junto à grade da escola e esperou, sem saber na verdade o quê, até que viu o cão, sentado na calçada fronteira a olhá-lo com profunda seriedade, a uma distância de dez metros. Pensou em se aproximar para acariciá-lo, mas o animal levantou-se, espreguiçou-se e andou bem devagar à frente, mantendo a distância.

6.

Durante uns quinze minutos manquitolou atrás do cão pelas ruas desertas, a mão que sangrava enrolada na echarpe que pegara na sala dos professores, uma echarpe quadriculada que talvez fosse de Naava, talvez só parecesse com uma de suas echarpes. O céu cinzento e baixo se emaranhava na copa das árvores, e blocos escuros de neblina descansavam sobre os quintais. Por um momento pareceu-lhe que duas ou três finas gotas de chuva haviam lhe tocado o rosto, mas não tinha certeza e não lhe importava. Ergueu os olhos para uma das cercas, pois pensou ter visto sobre ela um pássaro, mas de perto não era senão uma lata de conserva vazia.

Em seu caminho percorreu uma ruela estreita entre duas altas sebes de buganvílias, uma ruela que havia pouco tempo ele mesmo mandara repavimentar, e até viera numa das manhãs verificar o trabalho de repavimentação. Dessa ruela saíram novamente para a rua da sinagoga, o cão a sua frente a mostrar o caminho, e dessa vez a luz ali era mais cinzenta do que antes. Por um momento considerou se não seria melhor ir direto para casa, podia ser que ela já tivesse voltado e até se deitado para descansar, espantada com sua ausência e, quem sabe, até um pouco preocupada com ele. Mas a ideia da casa vazia o apavorava, e continuou, mancando um pouco, a seguir o cão, que ia a sua frente sem olhar para atrás, o focinho um pouco abaixado como se farejasse o caminho. Dentro em pouco, talvez antes ainda do anoitecer, cairá uma chuva pesada que lavará as árvores empoeiradas, todos os telhados e calçadas. Ele pensou em todas as coisas que poderiam ter sido e pelo visto já não serão, mas seus pensamentos vagaram. Naava costumava às vezes sentar-se com as duas filhas na varanda dos fundos, que dava para os limoeiros, e conversava com elas em voz baixa. Sobre o que conversavam ele nunca soube, nem se interessou em saber. Agora perguntava a si mesmo e não sabia responder. Tinha a sensação de precisar decidir algo, mas, apesar de estar acostumado a diariamente tomar muitas decisões, agora era atacado por dúvidas, nem sabia o que se esperava dele. Enquanto isso o cão parou, sentou-se na calçada a dez metros dele, e por isso ele também parou, junto ao Jardim da Recordação, sentou-se no banco em que aparentemente Naava se sentara havia duas ou três horas, quando pedira a Adel que fosse ao escritório provisório do Conselho para entregar-lhe o bilhete. Pôs-se então no meio do banco, a mão que sangrava envolvida na echarpe, abotoou o casaco por causa da chuva fraca que começara a cair sobre ele, e lá ficou sentado a esperar sua mulher.

Arad, 2008

Os que são estranhos

1.

Anoitecia. Um pássaro cantou duas vezes. Impossível saber o que dizia. O vento soprou e cessou. Os velhos tiraram cadeiras e se sentaram à entrada das casas para olhar os transeuntes. De vez em quando um carro passava e desaparecia depois da curva. Uma mulher passou lentamente, levando um cesto de compras em seu caminho do armazém para casa. Um bando de crianças agitou toda a rua com seu alarido, e enquanto se afastavam suas vozes esvaeciam. Atrás das colinas um cão latiu e outro latiu em resposta. O céu tornava-se cada vez mais cinzento e só no oeste, entre as sombras dos ciprestes, ainda se viam os últimos fulgores do pôr do sol. As montanhas longínquas enegreciam.

Kobi Ezra, um rapaz infeliz de dezessete anos, atrás de um eucalipto com o tronco pintado de branco, esperava. Era magro e frágil, de pernas finas, pele escura, e seu rosto ostentava quase sempre uma expressão de triste espanto, como se há apenas um minuto se tivesse surpreendido com algo ruim. Estava vestido com calças jeans empoeiradas e uma blusa de malha na qual se lia "Comemoração dos três gigantes". Era um apaixonado confuso e frustrado, porque a mulher por quem se apaixonara era quase duas vezes mais velha que ele, tinha um namorado e nutria por Kobi apenas um sentimento de gentil piedade. Kobi Ezra esperava que ela adivinhasse seus sentimentos, e também temia que eles lhe despertassem só rejeição. Esta noite, se o namorado dela não chegar em seu caminhão-tanque de diesel, ele vai lhe propor acompanhá-la no percurso de seu emprego na agência de correio a seu emprego na biblioteca. Talvez no caminho desta vez tente dizer-lhe finalmente algo que a faça compreender o que sente.

A funcionária dos correios Ada Dvash, que também era a bibliotecária da aldeia de Tel Ilan, era uma divorciada de trinta anos, não muito alta, sorridente, roliça e de fisionomia sempre alegre. Tinha cabelos claros, que caíam soltos sobre os ombros, mais sobre o ombro esquerdo do que sobre o direito. Dois grandes brincos de madeira em suas orelhas balançavam quando andava. Seus olhos eram castanhos e calorosos, e um deles era ligeiramente estrábico, o que lhe acrescentava encanto, como se o enviesasse de propósito e por brejeirice. Seu trabalho, tanto no correio como na biblioteca, era feito com diligência e exatidão, mas também com prazer. Gostava das frutas de verão e apreciava música ligeira. Toda manhã, às sete e meia, ia selecionar a correspondência postal que entrava e distribuía as cartas e os pacotes nos escaninhos dos moradores da aldeia. Às oito e meia abria a agência ao público. À uma da tarde fechava, e ia para casa almoçar e descansar, e de novo abria das cinco às sete. Às sete fechava a agência, e duas vezes por semana, às segundas e quartas-feiras, saía de lá e ia abrir a biblioteca. Sozinha cuidava dos embrulhos, pacotes, telegramas e cartas registradas. Sozinha atendia amavelmente a todos que se dirigiam ao único guichê para comprar selos ou postar cartas aéreas, pagar contas e multas ou transferir a propriedade de um automóvel. Todos apreciavam sua leveza de espírito, e quando não havia fila se detinham em seu guichê para uma breve conversa com ela.

A aldeia era pequena, e pouca gente entrava na agência. Os moradores iam até a parede de escaninhos junto à agência, do lado de fora, cada um examinava o seu, e continuavam em seu caminho. Às vezes passava-se uma hora ou hora e meia sem que alguém entrasse. Ada Dvash ficava sentada atrás do guichê, classificando correspondência, preenchendo formulários ou arrumando pacotes numa pilha rigorosamente retangular. Às vezes, assim se dizia na aldeia, recebia a visita de um homem de uns quarenta anos, sobrancelhas unidas e grossas, um forasteiro, de alta estatura e pesado, mas um pouco encurvado, sempre vestido num macacão azul e calçando botas de trabalho. Ele estacionava o caminhão-tanque de diesel em frente à agência e esperava por ela no banco que ficava na entrada, brincando com um molho de chaves, que jogava para cima e aparava com uma das mãos. Toda vez que o caminhão-tanque estacionava em frente ao correio ou diante da casa dela dizia-se que o namorado de Ada Dvash viera de novo curtir a lua de mel.* Não com maldade se dizia isso, mas quase com simpatia, porque Ada Dvash era querida na aldeia. Havia quatro anos, quando seu marido a abandonara, quase toda a aldeia ficara do lado dela, e não do lado dele.

2.

Ao pé do eucalipto e à última luz do dia o rapaz achou um bastão, e enquanto esperava que Ada Dvash concluísse suas

---

* Em hebraico, *Dvash* significa "mel", e *ierach dvash*, "lua de mel".

horas de serviço no correio rabiscou com o bastão na poeira figuras de homens e mulheres. Elas lhe saíram retorcidas, como se as desenhasse com repulsa. Mas na luz evanescente ninguém poderia ver seus desenhos, ele também quase não os via. Depois apagou tudo com sua sandália, levantando uma pequena nuvem de poeira. Tentou encontrar as palavras adequadas para a conversa que teria com Ada Dvash quando a acompanhasse do correio à biblioteca. Já a tinha acompanhado duas vezes, e durante todo o caminho discorrera febrilmente sobre seu amor aos livros e à música, mas por causa de tantos assuntos não conseguira exprimir qualquer sentimento. E se desta vez ele falasse sobre a solidão? Mas ela poderia ter a impressão de que com a palavra *solidão* ele estava aludindo ao divórcio dela, e isso poderia ofendê-la ou magoá-la. Ela lhe contara da última vez sobre seu amor à Bíblia, sobre seu hábito de ler toda noite um capítulo, antes de dormir. E se começasse uma conversa sobre os amores na Bíblia? Sobre David e Michal, filha de Saul? Ou o Cântico dos Cânticos? Mas seu conhecimento da Bíblia era pouco, e ele temia que Ada risse dele se abrisse com um assunto que não compreendia. Melhor falar sobre os animais, que ele amava e dos quais se sentia próximo. Por exemplo, sobre como certos pássaros canoros faziam a corte. Talvez por meio dos pássaros canoros ele conseguisse sinalizar-lhe seus sentimentos. Se bem que, ele se perguntava, que esperança pode ter o sentimento de um jovem de dezessete anos por uma mulher de trinta? No máximo conseguiria despertar nela alguma comiseração. E a distância da comiseração ao amor é como a distância da lua à poça que a reflete.

Enquanto isso extinguiu-se a derradeira luz. Alguns dos velhos ainda estavam sentados a cochilar ou a se entediar à porta de casa, outros já haviam entrado. A rua se esvaziara. Dos vinhedos, nas colinas em volta da aldeia, ouviam-se os uivos dos chacais, e dos quintais da aldeia os cães respondiam com um irritado latido. Um tiro abafado fez estremecer a escuridão. Depois, só o amplo mar do cricrilar dos grilos. Dentro de poucos instantes ela vai sair, trancar a agência do correio e se dirigir à biblioteca. Você surgirá de entre as sombras e perguntará, como nas duas outras vezes, se pode acompanhá-la.

Embora ainda não tivesse terminado de ler o livro que ela lhe emprestara na vez anterior, Mrs. *Dalloway*, ele pretendia pedir-lhe mais um, pois queria passar todo o fim de semana lendo. Ele não tinha amigos? Amigas? Planos para programas e diversão? A verdade é que não tinha. Ele prefere ficar fechado no quarto, lendo e ouvindo música, seus colegas de classe se divertem com agitos e barulho, e ele prefere o silêncio. Isso é o que ele lhe dirá desta vez, e assim ela verá como ele é especial e diferente. Por que, com os diabos, você tem de ser sempre diferente dos outros?, seu pai costumava lhe perguntar, Saia, pratique um pouco de esporte. E sua mãe ia a seu quarto toda noite verificar se tinha trocado as meias. Uma noite ele trancou a porta por dentro, e no dia seguinte seu pai confiscou-lhe a chave.

Ele raspou com o bastão o tronco do eucalipto pintado de cal, depois passou a palma da mão sobre o queixo para ver se a barba feita duas horas atrás ainda estava feita. Do queixo levou os dedos às faces e à testa, e imaginou que seus dedos eram os dedos dela. Às dez para as sete chegou o ônibus de Tel Aviv e parou em frente ao Conselho local. De seu esconderijo atrás do eucalipto Kobi viu descerem homens e mulheres, com pastas e pacotes. Reconheceu entre eles a médica, dra. Steiner, e também sua professora, Rachel Franco. Falavam sobre o velho pai da professora Rachel, que saíra para comprar o jornal vespertino e esquecera o caminho de casa. Suas vozes chegavam até Kobi, mas a continuação da conversa ele não conseguiu discernir, e na verdade nem queria. Depois os viajantes se dispersaram e suas vozes se diluíram na distância. Ouviu-se o ronco do motor do ônibus que se afastava. E de novo cricrilaram os grilos.

Às sete em ponto Ada Dvash saiu da agência de correio, trancou a porta à chave, fechou também o pesado cadeado externo, testou se estavam bem trancados e atravessou a rua deserta. Vestia uma blusa de verão que flutuava sobre seu busto, e uma saia larga de tecido leve. Kobi Ezra emergiu de seu esconderijo e disse em voz suave, como que temendo assustá-la:

"Sou eu de novo. Kobi. Posso acompanhá-la um pouco?"

Ada Dvash disse:

"Boa noite. Desde quando você está aqui?"

Kobi ia mentir, mas por algum motivo falou a verdade:

"Esperei por você meia hora. Até um pouco mais."

"Por que você esperou por mim?"

"Por nada. À toa."

"Você podia ter ido diretamente à biblioteca."

"Claro. Mas eu queria esperar aqui."

"Você trouxe o livro para me devolver?"

"Ainda não acabei de ler. Vim lhe pedir que me dê mais um para o fim de semana. Vou terminar os dois." E com isso começou a lhe contar, enquanto subiam a rua dos Fundadores, que ele é quase o único dos rapazes de sua turma que lê livros. Os outros só querem saber de computadores e jogos esportivos. As garotas sim, um pouco, algumas delas leem. Ada Dvash sabia disso, mas não quis dizer que sabia, para não embaraçá-lo. Ele caminhava a seu lado e falava, falava sem parar, como temendo que, se emudecesse mesmo que só por um breve instante, ela pudesse adivinhar seu segredo. Ela adivinhou o segredo dele e se perguntou como não magoar esse menino mas também não lhe dar ilusões. E teve de se controlar para não estender a mão e passá-la no cabelo dele, que era cortado curto a não ser por um pequeno topete que se erguia como a plumagem de um pinto e lhe dava um ar infantil.

"Você não tem amigos? Amigas?"

"Os garotos são infantis, e as garotas não querem muito fazer amizade com alguém como eu."

E depois acrescentou de repente:

"Você também não é exatamente como todo mundo."

Ela sorriu no escuro e ajeitou o decote da blusa, que se esticara um pouco para um lado. Seus grandes brincos de madeira balançavam em seu caminhar como se tivessem vida própria. Kobi continuou a falar sem interrupção e agora dizia que toda pessoa de valor era sempre recebida na sociedade com suspeita e até com desprezo. Enquanto falava recrudesceu nele o desejo de tocar, mesmo com um toque leve e efêmero, a mulher que caminhava a seu lado. E então estendeu os dedos e quase tocou com suas pontas o ombro dela, mas no último momento se refreou, cerrou o punho e retirou a mão. Ada Dvash disse:

"Neste quintal tem um cão que uma vez saiu, me perseguiu e me mordeu de leve na perna. Vamos passar depressa."

Quando Ada mencionou sua perna, o rapaz enrubesceu, contente porque escurecera e ela não poderia perceber. Mas ela percebeu algo, não o seu rubor, mas seu súbito silêncio, e se enterneceu, tocou de leve em suas costas e perguntou-lhe sobre o livro que estava lendo, *Mrs. Dalloway*. Kobi começou a falar febrilmente sobre o livro e sua voz tornou-se agitada e tensa, como se estivesse revelando seus sentimentos. Por longo tempo falou sobre *Mrs. Dalloway* e outros livros, e sobre como a vida só tem sentido se é dedicada a algum ideal ou sentimento em torno dos quais tudo gira. Sem ideal ou sentimento a vida seria vazia e insossa, e ele não teria interesse em vivê-la. Ada Dvash apreciou o belo hebraico em sua boca, mas se perguntou se esse hebraico não seria uma das causas de sua solidão e de ele, pelo visto, não ter tido uma namorada sequer. E assim, enquanto ele falava, os dois chegaram à biblioteca, que ficava no térreo da ala traseira da Casa de Cultura, e nela entraram por uma porta lateral do pátio.

Eram sete e vinte, e a biblioteca abria às sete e meia. Ada propôs então preparar para os dois um copo de café, e Kobi primeiro balbuciou um muito obrigado, não precisa, obrigado, mas logo voltou atrás e lhe disse: Na verdade, sim, por que não, obrigado. E, acrescentando, perguntou se podia ajudar.

3.

Uma forte luz fluorescente iluminava a biblioteca. Ada ligou o ar-condicionado, que fez ouvir seu ronco silencioso. Na biblioteca havia um salão não muito grande cercado de estantes de livros, feitas de metal pintado de branco, um salão de onde partiam três corredores paralelos de estantes com livros, elas também banhadas pela luz branca fluorescente, se bem que nessas ruelas a luz era menos brilhante do que no salão. Junto à entrada havia um balcão e sobre ele um computador, um telefone, uma pilha de revistas e periódicos, duas pilhas de livros e um pequeno receptor de rádio.

Ela desapareceu em um dos corredores, aquele em cuja extremidade ficava uma pia e a entrada para os banheiros. Lá ela encheu a chaleira e lá também pôs água para ferver. Enquanto a água não fervia ligou o computador e fez Kobi sentar-se a seu lado, atrás do balcão. Ele abaixou os olhos e viu que a leve saia cor de limão terminava acima dos joelhos. Ao ver os joelhos dela seu rosto de novo enrubesceu e ele pôs as mãos no colo. Depois se arrependeu e cruzou-as no peito e de novo se arrependeu e pousou as palmas no balcão. Ela olhou para ele, e o ligeiro estrabismo de seu olho esquerdo fez-lhe parecer que dava uma piscadela secreta, como a lhe dizer, tudo bem, Kobi. Seu rosto de novo ficou corado.

A água ferveu. Ada Dvash preparou duas xícaras de café

preto sem coar e as adoçou sem lhe perguntar, aproximou uma xícara dele e puxou uma para ela. Ela olhou para a blusa, na qual estava escrito "Comemoração dos três gigantes", e se perguntou que comemoração seria aquela e quem seriam os três gigantes. Já eram vinte para as oito, mas ninguém entrara na biblioteca. Na ponta do balcão empilhavam-se cinco ou seis livros novos, comprados na última semana. Ada mostrou a Kobi como se catalogam no computador as novas aquisições, como se carimba cada livro com o carimbo da biblioteca, como são encapados com uma capa de plástico rígido e como se cola uma etiqueta numerada no verso do livro.

"A partir de agora você é o vice da bibliotecária", disse, e acrescentou: "Diga, não estão esperando você em casa? Para o jantar? Quem sabe já estão preocupados com você?". O estrabismo do olho esquerdo brilhava furtivo, como uma piscadela de afeto.

"Você também não comeu."

"Mas eu sempre como depois de fechar a biblioteca. Sento em frente à televisão e como direto da geladeira."

"Depois vou acompanhá-la de novo, daqui até sua casa. Para que não ande sozinha no escuro."

Ela lhe sorriu com simpatia e pousou a morna palma de sua mão no dorso da mão de Kobi sobre o balcão:

"Não é necessário, Kobi, eu moro a cinco minutos daqui."

Ao toque da mão dela um doce tremor percorreu-lhe as costas, da nuca até a cintura. Mas do que ela dissera concluiu chocado que o namorado dela, o motorista do caminhão-tanque de combustível, com certeza já a esperava em sua casa. E, se ainda não esperava, ela talvez o estivesse aguardando um pouco mais tarde, no decorrer da noite. Por isso lhe dissera que não era necessário que ele a acompanhasse. Mas ele insistirá e a seguirá como um cão até a soleira de sua porta, e depois que ela a trancar ficará ainda e se sentará nos degraus. Desta vez tomará a mão dela na sua para um boa-noite de despedida, e enquanto sua mão estiver presa na dele, ele lhe dará dois leves apertos, para que ela entenda. Mau, desvirtuado e desprezível lhe pareceu um mundo no qual a vantagem absoluta era de um motorista de caminhão-tanque de diesel, só porque era um homem adulto e você ainda é jovem. Sua imaginação desenhou-lhe de repente como o motorista, com suas sobrancelhas grossas e unidas, enfiava seus dedos gordos dentro da blusa dela. Essa visão despertou-lhe desejo e vergonha e também uma desesperançada raiva dela e a vontade de magoá-la um pouco.

Ada olhou de lado para ele e percebeu alguma coisa. Propôs-lhe dar uma volta com ela entre as estantes de livros, onde poderia mostrar-lhe alguns pequenos tesouros, como, por exemplo, originais do escritor Eldad Rubin com correções manuscritas pelo autor à margem das páginas. Mas antes que ele respondesse entraram na biblioteca duas mulheres idosas, uma baixa e quadrada como um caixote, de calças três-quartos infladas e cabelo pintado de vermelho, a outra com cabelo grisalho cortado curto e olhos salientes atrás das lentes grossas de seus óculos. Trouxeram livros para trocar, e conversaram entre si e com Ada sobre um novo romance israelense que o país inteiro comentava. Kobi fugiu delas para uma das fileiras de livros e lá, numa prateleira baixa, encontrou o livro *Rumo ao farol* de Virginia Woolf, abriu-o no meio e leu de pé uma ou duas páginas para não ter de prestar atenção à conversa. Mas as vozes das mulheres abriram caminho até ele, e a contragosto ouviu uma delas dizer, Em minha opinião ele se repete muito. Escreve sempre o mesmo romance, com pequenas modificações. Sua amiga disse, Até mesmo Dostoiévski e Kafka se repetem. E daí? Ada observou com um sorriso, Há temas e motivos aos quais o escritor retorna uma vez, e outra vez, porque pelo visto são da raiz de sua alma.

Quando Ada pronunciou as palavras "da raiz de sua alma", Kobi Ezra sentiu o coração contrair-se no peito. No mesmo instante para ele ficou claro que ela, intencionalmente, queria que ele, em seu refúgio, ouvisse essa expressão, e que ela estava falando para ele, e não para as duas mulheres, e queria dizer que as almas deles dois tinham uma raiz comum. Em sua imaginação foi até ela, cingiu-lhe os dois ombros num abraço e pousou a cabeça dela em seu ombro, pois era uma cabeça inteira mais alto que ela, e nesse abraço fantasiou sentir seus seios apertados contra seu peito e o ventre dela contra seu ventre, e então essa fantasia tornou-se mais pungente do que suas forças eram capazes de suportar.

Quando as duas mulheres saíram, ele ficou ainda um ou dois minutos em seu refúgio no corredor de livros, onde encontrara o *Rumo ao farol*, até seu corpo se aquietar, e disse para Ada, numa voz um pouco mais grave do que sua voz habitual, que dentro de um instante se juntaria a ela. Enquanto isso ela registrou no computador o nome dos livros que as duas mulheres haviam devolvido e o nome dos livros que haviam levado. E de novo sentaram Ada Dvash e Kobi um ao lado do outro atrás do balcão, como se ele, a partir de então, também trabalhasse na biblioteca. No silêncio que havia entre os dois só se ouviam o ronco do ar-condicionado e o zumbido das lâmpadas fluorescentes. Depois falaram sobre Virginia Woolf, que se suicidara por afogamento em plena Segunda Guerra Mundial. Ada disse que o suicídio em tempo de guerra era, em sua opinião, estranho e incompreensível, pois era difícil imaginar que ela não tivesse qualquer sentimento de solidariedade e participação, nenhuma curiosidade em saber o que ainda viria e quem venceria aquela guerra terrível, com a qual toda pessoa no mundo estava envolvida, de uma maneira ou de outra. O quê? Ela não quis pelo menos esperar para ver se sua Inglaterra se salvaria ou seria conquistada pelos nazistas?

Kobi disse:

"Ela estava desiludida de tudo."

Ada disse:

"Exatamente isso é que eu não entendo. Sempre resta pelo menos uma coisa que lhe é cara e da qual você não quer se separar. Nem que seja um gato ou um cão. Ou a poltrona na qual você costuma se sentar toda noite. A visão do jardim sob a chuva. Ou as luzes do poente na janela."

"Você é uma pessoa alegre. Pelo visto a desesperança lhe é estranha."

"Ela não me é estranha. Mas também não me atrai."

Uma moça de óculos, de cerca de vinte anos, entrou na biblioteca, tinha coxas roliças e vestia uma blusa florida e calças jeans justas, pestanejou ante o brilho da luz fluorescente, sorriu para Ada e para Kobi, perguntou a Kobi se seria a partir de agora o bibliotecário substituto, e perguntou se poderiam ajudá-la a encontrar material sobre os incidentes dos anos 1936 e 1939, também chamados 'a revolta árabe.' Ada levou-a à estante da história do estabelecimento judaico e às prateleiras do Oriente Médio, e as duas tiraram das estantes livro após livro e examinaram seus sumários.

Kobi foi até a pia ao lado da entrada para os banheiros e lavou as duas xícaras de café. O relógio acima do balcão mostrava vinte para as nove. Esta noite também passará, e você não terá coragem de lhe revelar. Desta vez você não pode desistir. Quando os dois ficarem novamente sozinhos na biblioteca, você tomará a mão dela entre as suas e a olhará diretamente nos olhos e finalmente lhe dirá. Mas dizer exatamente o quê? E se ela cair na risada? Ou, ao contrário, se ela se assustar com você e puxar com força os dedos para libertá-los de suas mãos? Também pode ser que sinta compaixão por você e atraia sua cabeça para o peito dela e acaricie seus cabelos. Como a uma criança. A compaixão parecia-lhe mais aterradora do que qualquer rejeição. Era-lhe absolutamente claro que, se ela o tratasse com comiseração, ele não poderia conter o choro. Não conseguiria segurar as lágrimas. E com isso tudo terminaria, ele se levantaria e fugiria dela para a escuridão.

Enquanto isso enxugava mais uma e outra vez as duas xícaras com o pano de prato que estava pendurado ao lado da pia, e continuou a enxugá-las mesmo quando já estavam completamente secas. Enquanto acompanhava com os olhos uma mariposa que se lançava em vão sobre a lâmpada fluorescente.

4.

A jovem de óculos despediu-se com um "obrigada" e saiu, levando numa sacola de náilon uma pilha de cinco ou seis livros sobre a revolta árabe. Ada digitou no computador os dados desses livros, a partir das fichas que haviam ficado sobre o balcão. Ela explicou a Kobi que pelo regulamento era proibido emprestar de uma só vez mais de dois livros por leitor, mas essa moça precisa apresentar o trabalho dentro de dez dias. Daqui a pouco, às nove, disse Ada, vamos fechar aqui e iremos para casa. Ao ouvir as palavras "iremos para casa", o coração de Kobi começou a bater fortemente em seu peito, como se essas palavras encerrassem uma promessa oculta. Ao cabo de um minuto dominou-se e cruzou as pernas, joelho sobre joelho, pois seu corpo de novo despertara e ameaçava constrangê-lo. Uma voz interior lhe dizia que, se houver vexame, que haja, e mesmo que venha humilhação ou comiseração você não vai desistir e vai dizer a ela.

"Ada, ouça."
"Sim."
"Você me permite perguntar-lhe algo pessoal?"

"Pergunte."

"Já lhe aconteceu alguma vez amar alguém sem ter qualquer esperança de que ele lhe retribuísse o amor?"

Ela compreendeu imediatamente aonde levavam essas palavras, e hesitou por um momento entre sua afeição pelo rapaz e sua responsabilidade de tomar muito cuidado com os sentimentos dele. E por baixo desses dois, havia nela também um obscuro palpitar de correspondência.

"Sim. Mas isso foi há muito tempo."

"E o que você fez?"

"O que todas fazem. Parei de comer, chorava um pouco de noite, no começo vestia roupas bonitas e atraentes e depois, de propósito, roupas sem graça e sem atrativos. Até que passou. E isso passa, Kobi, apesar de, enquanto está acontecendo, sempre parecer que nunca passará."

"Mas eu..."

De novo entrou uma leitora na biblioteca, uma mulher de uns setenta e cinco anos, seca e enérgica, num vestido leve de verão mais adequado para uma jovem, pulseiras de prata nos braços magros e bronzeados e contas de âmbar numa corrente dupla em volta do pescoço. Ela cumprimentou Ada e perguntou-lhe curiosa:

"E quem é esse rapaz simpático? Onde você o achou?"

Ada respondeu com um sorriso:

"É meu novo assistente."

"Eu conheço você", a velha dirigiu-se a Kobi, "o filho de Victor Ezra, do armazém. Você está aqui de serviço voluntário?"

"Sim. Não. Na verdade..."

Ada disse:

"Ele veio me ajudar. Ele gosta de livros."

A mulher devolveu uma novela estrangeira e pediu emprestado, em seu lugar, aquele romance de autor israelense do qual o país inteiro estava falando. Era o livro que as duas mulheres de antes também queriam. Ada disse que havia uma fila, que só dispunham de dois exemplares e os dois estavam emprestados, e havia uma longa lista de espera.

"Inscrevo você também, Liza? Vai levar entre um e dois meses."

A mulher disse:

"Dois meses? Em dois meses ele com certeza terá tempo de escrever mais um romance, ainda mais novo."

Ada convenceu-a a se contentar com um romance recomendado, traduzido do espanhol, e a mulher se despediu e saiu. Kobi disse:

"Antipática. E também fofoqueira."

Ada não respondeu. Folheava o livro que a velha havia devolvido. Kobi sentiu-se de repente invadido por uma sensação de impetuosa urgência, seu corpo e seus sentimentos transbordavam para além de suas forças, ela e ele estavam novamente sozinhos e dentro de dez minutos ela diria que chegou a hora de fechar e tudo estaria de novo perdido — e dessa vez talvez para sempre. Súbito encheu-se de um ódio ardente pela lâmpada fluorescente branca e ofuscante, uma luz de consultório dentário. Sentia que, se não fosse essa luz, talvez ele pudesse dizer a ela.

"Venha, seja realmente meu assistente", disse Ada, "você digita a ficha do livro que Liza levou e também a do livro que ela devolveu. Vou lhe mostrar como."

Mas o que ela está pensando — de repente assomou-lhe a raiva —, o quê, então ela acha que sou um bebê, e me deixa brincar um pouco com o seu computador e me despacha para dormir? É tão obtusa assim? Não entendeu nada? Coisa alguma? No mesmo instante dominou-o um impulso cego de magoá-la, morder, amassar, arrancar esses grandes brincos de madeira, para que desperte, para que finalmente entenda.

Ela percebeu que tinha cometido um erro. Pousou a mão no ombro dele e disse:

"Kobi. Chega."

O contato de sua mão em seu ombro o estonteou e também entristeceu, porque sabia que ela só queria consolá-lo. Ele se virou e tomou as faces dela em suas mãos, embaixo dos brincos, e virou com força o rosto dela e o aproximou de seu rosto, mas não ousou aproximar os lábios dos lábios dela, e só continuou a segurá-la assim por algum tempo, as faces dela entre as palmas das mãos dele, seus olhos cravados nos lábios dela, que não estavam abertos nem totalmente fechados. Uma expressão que ele não conhecia assomou no rosto dela sob a cruel luz fluorescente, uma expressão não de mágoa, nem de ofensa, mas — assim lhe pareceu — de tristeza. Segurou sua cabeça durante um minuto inteiro, não com delicadeza, mas com força, seus lábios em frente aos lábios dela e todo seu corpo a tremer de desejo e de medo. Ela não resistiu e não tentou se livrar, só esperou. Por fim disse:

"Kobi."

E disse:

"Já temos de ir embora."

Ele soltou seu rosto, arremeteu de onde estava sem afastar dela seu olhar, seus dedos trêmulos apalparam e acharam o interruptor e num instante a luz fluorescente foi interrompida e a escuridão encheu a biblioteca. Agora, ele disse a si mesmo, se não lhe disser agora você se arrependerá por toda a vida. Para sempre. E eis que junto com o desejo e o sentimento que o dominavam e neutralizavam-se um o outro, havia também o surdo latejar de uma vontade de protegê-la e defendê-la. Dele mesmo.

5.

Seus braços estendidos e tateantes a encontraram de pé e

imóvel atrás do balcão. Ele a abraçou no escuro, não rosto no rosto, mas com seu rosto ao lado do corpo dela e suas coxas coladas em seu quadril, como se desenhassem com seus corpos a forma de um T. Com uma coragem que vinha da escuridão ele beijou-a na orelha e na têmpora, mas não ousou virá-la para si e procurar com seus lábios os lábios dela. Ela ficou de pé, braços e mãos caídos, sem resistir e sem participar. Seus pensamentos foram para o menino morto que lhe havia nascido depois de cinco meses de gravidez, num parto prematuro após o qual o médico lhe anunciara que não poderia mais ter filhos. Depois desse parto houve meses sombrios, em que ela culpou o marido pela morte do feto apesar de tal acusação carecer de qualquer justificativa ou razão, exceto talvez pelo fato de seu marido ter deitado com ela numa das noites que precederam o parto prematuro, apesar de ela não o querer, mas ceder, porque quase sempre, desde sua infância, obedecia toda vez que deparava com uma vontade forte, principalmente quando era uma forte vontade masculina. E não porque fosse transigente de natureza, e sim porque uma vontade masculina forte sempre despertava nela uma sensação de segurança e de confiança, e com ela a correspondência e a vontade de ceder. Agora ela recebia aquele abraço de lado que o rapaz lhe dava sem incentivá-lo e sem detê-lo. Ficou assim, imóvel, os braços caídos e a cabeça inclinada, e só suspirou levemente. Esse suspiro Kobi não soube interpretar, se era de prazer, como se ouvia nos filmes, ou se era um débil protesto. Mas o poderoso desejo, o desejo de um jovem de dezessete anos cheio de imaginação e carente de um amor de mulher, impeliu suas coxas a se esfregarem no quadril dela. E porque era mais alto que ela cerca de uma cabeça inteira, puxou a cabeça dela para seu peito roçando-lhe levemente os cabelos com os lábios e com eles tocando um de seus brincos, como se tentasse, com seus delicados beijos, distraí-la, do que lhe faziam suas coxas. A vergonha não constrangeu seu prazer, antes o intensificou: agora ele estava destruindo tudo, sabia, arruinando e aniquilando para sempre tudo que talvez ainda pudesse haver entre ele e a amada. Essa destruição o atordoou, cada vez mais, até que sua mão partiu tateante em busca de seu seio, mas ele se assustou e desistiu, e de novo abraçou-lhe os ombros, e só não parou de roçar as coxas em seu quadril até que o prazer o inundou e estremeceu sua espinha e seus joelhos, e ele teve de se segurar nela para não baquear, e sentiu seu ventre ficar molhado e se apressou em descolar dela para não conspurcá-la também. Lá ficou no escuro, todo trêmulo e arquejante bem perto dela, mas sem tocá-la, o rosto ardendo, batendo um pouco os dentes como se sentisse frio. No extremo do silêncio Ada disse suavemente:

"Vou acender a luz."

Kobi disse:

"Sim."

Mas Ada não se apressou em acender a luz. Ela disse:

"Você pode ir lá se arrumar."

Kobi disse:

"Sim."

E de repente balbuciou no escuro:

"Desculpe."

E apalpando encontrou a mão dela e a segurou e roçou os lábios nela e de novo pediu desculpas, e virou-se e tateou seu caminho até a porta e fugiu da densa escuridão da biblioteca para a radiante escuridão de fora, sob o céu de uma noite de verão. Uma meia lua nascera e reluzia acima da torre d'água, despejando uma luz-não luz pálida sobre os telhados das casas, sobre a copa das árvores e sobre a silhueta das colinas a leste. Ela acendeu as luzes fluorescentes e seus olhos se contraíram com o brilho ofuscante. Com uma das mãos ajeitou a blusa e com a outra os cabelos. Por um instante pensou que o rapaz ainda estava lá e que só fora ao banheiro. Mas a porta da biblioteca estava escancarada; ela foi atrás dele e atravessou a porta até os degraus da entrada e aspirou para o fundo dos pulmões o penetrante ar noturno, que carregava um difuso cheiro de grama cortada, de esterco de vaca e um doce aroma de uma floração que ela não soube identificar. Mas por que você está fugindo, disse para si mesma sem falar, aonde você foi, menino, por que se assustou de repente?

Ela voltou ao salão da biblioteca, desligou o computador, desligou o ar-condicionado, apagou as ofuscantes luzes fluorescentes, trancou a porta por fora e encaminhou-se para casa. No caminho acompanharam-na as vozes dos sapos e dos grilos e um sopro leve de brisa que trazia consigo um tênue cheiro de espinheiros e poeira. Talvez esse menino ainda a espreitasse detrás de uma das árvores e de novo lhe propusesse acompanhá-la e desta vez talvez ousasse segurar sua mão ou até passar um braço em torno dela. Tinha a impressão de que o cheiro dele, um cheiro de pão preto, sabão e suor, a acompanhava. Ela sabia que ele não voltaria para ela, não esta noite e provavelmente não nas próximas noites. Tinha pena da solidão dele, de seu arrependimento e de seu vão constrangimento. E junto com isso sentia certa alegria interior, uma elevação de espírito, quase um ligeiro orgulho de tê-lo deixado fazer com ela o que queria. Tão pouco pedira dela. E mesmo se pedisse mais talvez não o detivesse. Deu um profundo suspiro. Lamentou não ter chegado a dizer a ele as simples palavras, Não faz mal, Kobi, não tenha medo. Tudo bem com você. Está tudo bem agora.

O caminhão-tanque de diesel não a esperava diante de sua casa, e ela sabia que esta noite estaria só. Ao entrar em casa receberam-na dois gatos famintos que se enredaram em suas pernas e se esfregaram grudados em suas panturrilhas. Ela falou com eles em voz alta, repreendendo-os, e enquanto os repreendia também lhes dirigia palavras de carinho, encheu seus pratos de comida e acrescentou água às tigelas em que bebiam. Depois entrou no banheiro, lavou o rosto e o pescoço e ajeitou com um pente os cabelos. Quando saiu ligou a televisão no meio de um programa sobre o derretimento das geleiras do polo e sobre a extinção do mundo animal no Ártico. Ela passou manteiga e queijo branco numa fatia de pão, cortou um tomate em fatias, fritou uma omelete e preparou para si uma xícara de chá. Depois sentou na poltrona diante da televisão, diante da extinção da vida ártica, e comeu, e bebeu o chá e quase não sentiu que suas faces estavam banhadas em lágrimas. Quando percebeu as lágrimas, não parou de comer e de beber o chá nem de olhar para a televisão, somente acariciou com a mão sua face esquerda umas três ou quatro vezes. As lágrimas não cessaram, mas ela se sentiu melhor e disse a si mesma as palavras que antes pretendera dizer a Kobi e não conseguira, Não faz mal, não tenha medo, você está bem, tudo está bem agora. Levantou-se, ainda em lágrimas, tomou no colo um dos gatos e tornou a sentar na poltrona. Às quinze para as onze levantou-se de novo, cerrou as persianas e apagou a maioria da luzes.

6.

Kobi Ezra perambulou, indo e vindo, pelas ruas da aldeia, passou duas vezes em frente à Casa de Cultura e duas vezes pelo armazém que era o ganha-pão de sua família. Entrou no Jardim da Recordação e sentou-se num banco, que estava um pouco úmido de orvalho. Perguntava a si mesmo o que ela estava pensando dele agora, e por que não o esbofeteara nas duas faces, como merecia. De repente levantou o braço e esbofeteou a si mesmo com força, até que seus dentes doeram, suas orelhas zumbiram e seu olho esquerdo lacrimejou um pouco. A vergonha invadiu seu corpo como se fosse matéria asquerosa e espessa. Dois rapazes de sua idade, El'ad e Shachar, passaram por ele mas não o viram, e ele se encolheu todo e escondeu a cabeça entre os joelhos. Shachar dizia, Logo se viu que ela estava mentindo. Ninguém acreditou nela nem por meio minuto. El'ad respondeu, Mas era uma mentira branca, quer dizer, uma mentira justificável. Depois se afastaram e seus sapatos faziam ranger o cascalho do caminho. Kobi pensou que o que havia feito essa noite não se apagaria jamais. Nem depois de passarem muitos anos e sua vida ainda levá-lo a lugares inimagináveis. Nem se for até a cidade procurar uma prostituta, como fizera muitas vezes em sua imaginação. Nada apagará a vergonha de seus atos essa noite. Porque ele poderia ter continuado a conversar com ela, sentado na biblioteca, e não apagar a luz. E, uma vez que já perdera o controle e apagara de repente a luz, poderia ter usado a escuridão que então reinara para exprimir seus sentimentos. Todos lhe diziam que as palavras eram seu lado forte. Poderia ter usado palavras. Citar para ela versos da poesia de amor de Bialik ou de Iehudá Amichai. Poderia confessar que ele mesmo escrevia poemas, e até mesmo declamar-lhe um poema que escrevera por causa dela e sobre ela. Por outro lado, pensou, o que acontecera também fora por culpa dela, pois ela o tratara toda a noite como uma mulher adulta trata um menino, ou quase como uma professora trata um aluno. Fizera de conta que é por acaso, sem qualquer motivo, que eu a espero à noite em frente aos correios e a acompanho até a biblioteca. A verdade é que ela sabe sim a verdade e só finge que não para não me constranger. Oxalá me constrangesse e me fizesse perguntas sobre sentimentos. Oxalá tivesse eu a coragem de constrangê-la e de dizer na sua cara que uma alma como a dela não tinha o que procurar em todo tipo de motorista de caminhões-tanque de diesel. Você e eu somos duas almas gêmeas e você sabe disso. Mas não há remédio para o fato de eu ter nascido talvez uns quinze anos depois de você. Tudo agora está perdido, depois do que aconteceu. Tudo perdido para sempre. E na verdade o que fiz não mudou nada, porque tudo estava completamente perdido desde o princípio. Não havia qualquer possibilidade para nós, nem para mim nem para você. Nenhuma possibilidade, e nenhuma sombra de esperança. Talvez, pensou, talvez depois do exército eu tire carteira de motorista de caminhão-tanque de diesel.

Ele se levantou do banco e atravessou o Jardim da Recordação. O cascalho rangia sob as solas de suas sandálias. Uma ave noturna lançou seu grito esganiçado, e em algum lugar distante na extremidade da aldeia latia um cão insistente. Desde o meio-dia nada comera e tinha fome e sede, mas o evocar da casa onde agora seus pais e suas irmãs com certeza estão grudados na televisão barulhenta o deteve. Verdade que, se voltasse para casa, ninguém lhe daria atenção nem faria perguntas, ele poderia ir para a cozinha, pegaria alguma coisa na geladeira e depois se trancaria em seu quarto. Mas o que faria em seu quarto, com o aquário que descuidara e no qual já há uma semana flutua um peixe morto, e com o colchão manchado? Melhor ficar do lado de fora, e talvez passar a noite nas ruas desertas. Talvez melhor seja voltar a seu banco, deitar sobre ele, adormecer e dormir a noite toda sem sonhos, até de manhã.

De repente veio-lhe a ideia de ir à casa dela, e se o caminhão-tanque de diesel estiver estacionado em frente, trepar nele e jogar um fósforo aceso, e tudo explodiria para sempre. Remexeu no bolso à procura dos fósforos que sabia não estarem lá. Depois suas pernas o levaram aos pés da torre d'água, que se apoia em três pernas de concreto, e resolveu subir até o topo para estar mais perto da meia lua que agora pairava sobre as colinas a leste. Os degraus de ferro da escada estavam frios e úmidos, e ele os escalou com rapidez, lance após lance, e quase num instante estava no alto da torre. Aqui havia uma antiga casamata de concreto com sacos de areia derramados e aberturas para tiro, uma posição defensiva dos tempos da guerra de independência. Ele entrou e olhou para fora por uma das aberturas de tiro. A casamata exalava um cheiro de urina antiga. Dali, os espaços noturnos lhe pareciam amplos e vazios. O céu estava claro e as estrelas tremeluziam aqui e ali, estranhas umas às outras e cada uma estranha para si mesma. Da profundeza da escuridão partiram dois tiros seguidos que dali pareciam pancadas ocas. Nas janelas das casas luzes ainda estavam acesas. Aqui e ali ele podia vislumbrar por uma janela aberta o brilho azulado de uma tela de televisão. Dois automóveis passaram, um após outro, bem debaixo dele, na rua do Vinhedo, e seus faróis revelaram por um momento a aleia de ciprestes escuros. Kobi buscou com os olhos a janela da casa dela, e como era impossível ter certeza, resolveu focalizar numa janela mais ou menos naquela direção e decidiu que era essa. Uma luz amarelada brilhava atrás da cortina que cobria a janela. De hoje em diante, ele sabia, ele e ela passarão um pelo outro na rua como dois estranhos. Ele não ousará dirigir-lhe uma só palavra. Ela também com certeza se afastará dele a partir de agora. Se ele um dia precisar resolver alguma coisa na agência dos correios, ela levantará a cabeça por trás do guichê gradeado e lhe dirá numa voz monocórdia, Sim, o que deseja, por favor?

Agosto, 2008

Os que cantam

1.

A porta estava aberta, deixando fluir para o vestíbulo um ar hibernal frio e úmido. Quando cheguei já havia na casa vinte ou vinte e cinco visitantes, entre eles alguns que se aglomeravam no vestíbulo e ainda ajudavam uns os outros a tirar os casacos. Fui recebido com um murmúrio de conversas e o aroma de um fogão a lenha aceso, de lã molhada e de comidas quentes. Almozalino, um homem avantajado, óculos presos num cordão, curvava-se para trocar dois beijos com a médica, dra. Guili Steiner, um em cada face, passou um braço em torno dela e disse, Você está realmente, mas realmente ótima, Guili. Ela respondeu-lhe, Olha só quem fala. Korman, o rechonchudo, que tem um ombro um pouco mais alto que o outro, aproximou-se e abraçou com força Guili Steiner, e abraçou também Almozalino e a mim, e disse, É bom ver todos vocês. Viram que chuva lá fora? Junto aos cabides encontrei Edna e Ioel Rivak, um casal de dentistas com cerca de cinquenta e cinco anos, que de tantos anos juntos se tornaram parecidos um com o outro como um casal de gêmeos, os dois com cabelo ficando grisalho e cortado curto, pescoço enrugado e lábios apertados. Edna Rivak disse, Alguns não virão hoje por causa da tempestade. Nós também quase ficamos em casa. Ioel, o marido, falou, E o que há para fazer em casa? O inverno oprime a alma.

Era véspera de um *shabat* invernal na aldeia Tel Ilan. Os altos ciprestes estavam envoltos em neblina. Caía uma chuva fina. Os visitantes iam se reunindo na casa de Dália e Avraham Levin para uma noite de canto coletivo. A casa da família Levin ficava sobre uma elevação, numa pequena ruela chamada Maalé Beit Hashoevá. A casa tinha um telhado com chaminé, dois andares e um porão. No jardim, iluminado por lampiões elétricos, algumas árvores frutíferas molhadas de chuva, entre elas oliveiras e amendoeiras. Na frente da casa estendia-se um gramado cercado de canteiros de ciclamens. E havia também um pequeno monte de pedras de cujo interior uma queda-d'água artificial jorrava para dentro de um tanque decorativo. Peixes dourados sonolentos nadavam indo e vindo à luz de um foco que estava instalado no fundo do tanque e iluminava a água por dentro. A chuva, que não parava, encrespava a água do tanque.

Pus meu casaco sobre uma pilha de casacos no sofá de um quarto lateral e abri caminho para a sala de visitas. Cerca de trinta homens e mulheres, a maioria com mais de cinquenta anos, reuniam-se em intervalos de algumas semanas na casa dos Levin. Cada casal trazia ou um quiche, uma salada ou um prato quente, e todos se sentavam em roda na ampla sala e enchiam o ar de canções hebraicas antigas e canções russas, a maioria delas cheia de melancolia e saudade. Iochai Blum acompanhava o canto com um acordeom, e três mulheres não muito jovens, sentadas em volta dele, tocavam flauta doce.

Um zum-zum de vozes enchia a sala, e acima do zum-zum

elevou-se a voz da médica Guili Steiner, que convocou, Sentem-se todos, por favor. Já queremos começar. Mas os visitantes não se apressaram em sentar, envolvidos nas conversas, nos risos e nas palmadinhas nos ombros. Iossi Sasson, alto e barbudo, deteve-me junto à estante, O que há de novo, como vai, e aí? Nada de novo, respondi, e com você? Como sempre, disse, e acrescentou, Nada de mais. E onde está Eti?, perguntei. Pois é, é que ela não está muito bem, disse, esta semana acharam nela um tumor nada simpático. Mas ela pediu que não falasse sobre o assunto. E além disso, prosseguiu, mas logo se calou. Perguntei, Além disso o quê? Mas Iossi Sasson respondeu, Nada. Não é importante. Você viu a chuva que está caindo lá fora? Inverno inverno, hein?

Dália, a dona da casa, circulou pela sala distribuindo a cada visitante uma cópia de um cancioneiro. Avraham, seu marido, deu as costas a todos, inclinou-se para a lareira acesa e acrescentou algumas achas de lenha. Há muitos anos Avraham foi meu comandante no exército. Sua mulher, Dália, estudava comigo no curso de história da Universidade Hebraica de Jerusalém. Avraham era um homem de poucas palavras e introvertido, e Dália era exuberante. Eu era amigo de ambos separadamente, já antes de se conhecerem. Depois de seu casamento a amizade continuou durante todos esses anos. Era uma amizade estável e tranquila, que não carecia de qualquer nova confirmação e não dependia da frequência de nossos encontros. Poderia passar um ano ou ano e meio entre dois encontros, e os dois ainda me receberiam calorosamente. Mas por algum motivo nunca pernoitei na casa deles.

Havia cerca de vinte anos nascera o filho único de Dália e Avraham, Ianiv. Sempre foi um menino um tanto solitário, e quando cresceu vivia trancado em seu quarto. Em sua infância, quando eu visitava seus pais, Ianiv gostava de grudar a cabeça em minha barriga e criar para si mesmo uma pequena gruta embaixo de meu suéter. Uma vez eu lhe trouxe de presente um jabuti. Havia quatro anos, quando ele tinha dezesseis, entrou no quarto de dormir dos pais, arrastou-se para baixo da cama e deu um tiro na testa com a pistola do pai. Durante um dia e meio o procuraram em toda a aldeia sem saber que jazia embaixo da cama dos pais. Mesmo Dália e Avraham, que se deitaram aquela noite na cama, não sabiam que o corpo do filho estava bem debaixo deles. A criada que foi arrumar o quarto no dia seguinte encontrou-o lá, encolhido como se tivesse adormecido. Não deixara nenhuma carta, o que suscitou entre os amigos diferentes suposições. Alguns diziam uma coisa e alguns diziam outra. Dália e Avraham mantinham, em memória de Ianiv, uma modesta bolsa de estudos no curso de preparação vocal, pois Ianiv havia cantado às vezes no coro da aldeia.

2.

Um ano ou dois após a morte do filho, Dália Levin começou a se ocupar com questões espirituais ligadas ao Extremo Oriente. Ela dirigia a biblioteca de Tel Ilan e por sua iniciativa foi aberto na biblioteca um círculo de meditação. Com intervalos de algumas semanas promovia em sua casa saraus de canto coletivo. Eu às vezes também participava desses saraus, e como todos já tinham aceitado minha permanente solteirice, recebiam com amabilidade e simpatia as diferentes damas que às vezes me acompanhavam. Essa noite eu vim sozinho, trouxe para os anfitriões uma garrafa de vinho Merlot, e sentei-me em meu lugar de sempre, entre a estante e o aquário.

Dália era o espírito vivo das noites de canto que se realizavam em sua casa: organizava, telefonava, convidava, fazia sentar, servia, regia as canções dos cancioneiros que ela preparava e do qual tirava uma cópia com antecedência. Desde a tragédia nela recrudescera uma onda de ativismo febril. Além da biblioteca e da meditação e das noites de canto coletivo, ainda participava de todo tipo de comissões, comitês, grupos de ioga, dias de estudo, congressos, círculos caseiros, reuniões, palestras, reciclagens e excursões.

Quanto a Avraham Levin, fechou-se cada vez mais em si mesmo e pouco saía de casa. Toda manhã, às seis e meia em ponto, dava a partida no carro e ia para seu emprego no Centro de Pesquisas da Indústria Aeronáutica, onde durante anos trabalhava no desenvolvimento de diversos sistemas. Após o trabalho, às cinco e meia ou seis da tarde, voltava direto para casa. Nas longas tardes de verão saía antes do anoitecer de camiseta e short e trabalhava mais uma hora ou hora e meia no jardim. Depois se banhava, comia sozinho um jantar leve, dava de comer ao gato e aos peixes do aquário, e sentava-se para ler enquanto ouvia música e esperava que Dália voltasse. Geralmente era música barroca, mas eventualmente também Fauré e Debussy. E às vezes, para variar, escolhia um jazz, grave e contemplativo.

No inverno já estava escuro quando Avraham Levin chegava do trabalho. Ele se deitava vestido no tapete, junto ao sofá da sala, ouvia música e esperava que Dália voltasse de uma reunião ou de um grupo de estudo. Sempre às dez horas da noite subia para o quarto. O dormitório comum dos dois fora fechado e abandonado depois da tragédia, e dormiam em quartos separados, um em cada canto da casa. Ninguém mais entrou no dormitório, e suas persianas ficaram cerradas para sempre.

Aos sábados, pouco antes do pôr do sol, no verão e no inverno, Avraham saía para uma longa jornada a pé: circundava toda a aldeia pelo lado sul, percorria campos e pomares e voltava para a aldeia pela extremidade norte. Passava, em passo acelerado, pela antiga torre d'água, que se apoiava em três pernas de concreto, cruzava toda a extensão da rua dos Fundadores, virava à esquerda para a rua da sinagoga, atravessava o Jardim dos Primeiros, continuava e cruzava a rua Tribos de Israel e voltava para casa pela Maalé Beit Hashoevá. Se alguém conhecido o encontrava e o cumprimentava, Avraham Levin respondia com um aceno de cabeça, sem parar e nem mesmo diminuir a marcha. E às vezes sequer respondia, porque não percebera, continuando a andar depressa e em linha reta, muito concentrado.

3.

Quando me sentei em meu canto habitual, entre o aquário e a estante, alguém me chamou pelo nome. Olhei em volta, mas não identifiquei quem havia chamado. A minha direita estava sentada uma mulher desconhecida, de uns cinquenta anos, o cabelo preso num pequeno coque em sua nuca. A minha frente ficava a janela, pela qual só se viam escuridão e chuva. A minha esquerda nadavam peixes decorativos por trás do painel de vidro. Quem me chamara pelo nome? Talvez fosse só impressão. Enquanto isso esvaiu-se o rumor das conversas, e Dália Levin leu alguns avisos sobre o programa da noite. O intervalo para o bufê seria às dez horas, queijos e vinhos seriam servidos exatamente à meia-noite. Também anunciou as datas dos próximos encontros do Círculo de Amantes da Canção Hebraica, que se reunia uma vez a cada seis semanas em sua casa.

Dirigi-me então à mulher desconhecida sentada a meu lado, apresentei-me em voz baixa e perguntei se ela também tocava algum instrumento. Ela disse sussurrando que o nome dela era Dafne Katz, e respondeu que já tocara flauta doce, mas desistira havia tempo. E nada mais acrescentou. Era alta, muito magra e usava óculos, seus braços nas mangas de lã também pareciam magros e compridos. Seu cabelo juntava-se num coque sobre a nuca, ao estilo de gerações passadas.

    Enquanto isso toda a roda começara a cantar canções de *shabat*, "O sol já se foi das copas das árvores", "O *shabat* desceu sobre o vale de Guinossar", "A paz esteja convosco, anjos da paz", juntei-me aos que cantavam, e um calor agradável espalhou-se em meu corpo como se eu tivesse tomado vinho. Percorri a roda com o olhar, tentando ter uma noção de quem me havia chamado antes pelo nome, mas todos pareciam compenetrados. Uns cantavam com voz fina, outros com voz grossa, e na face de alguns desenhava-se um leve sorriso de prazer. Dália Levin, a dona da casa, cingia seu próprio corpo com os dois braços, como se abraçasse a si mesma. Iochai Blum começou a tocar acordeom e três mulheres o acompanharam na flauta doce. Uma delas deixou escapar no início um som espúrio, alto e desafinado, mas rapidamente corrigiu-se e tocou junto com suas colegas. Após as canções de *shabat* chegou a vez de quatro ou cinco canções sobre a Galileia e seu mar, canções do tempo dos pioneiros, e depois delas algumas canções de chuva e de inverno, pois a chuva não cessara de fustigar as janelas, e de quando em quando trovoadas muito baixas faziam estremecer as vidraças e a luz elétrica hesitava por um momento ante a tempestade de raios.

    Avraham Levin estava sentado, como sempre, num banquinho ao lado da porta que levava da sala à cozinha. Ele não confiava em sua voz e não participava do canto, só ficava sentado e ouvia de olhos fechados, como se tivesse recebido a missão de apontar qualquer desafinação, mesmo a mais ligeira. Às vezes se levantava e entrava silenciosamente na cozinha, para inspecionar as sopas e os quiches que estavam dentro do forno e sobre o fogão em fogo brando até a hora do bufê das dez, no intervalo entre as duas sessões do sarau. Depois se curvava para verificar o fogo na lareira e tornava a sentar, encolhido, em seu banquinho, e de novo cerrava os olhos.

4.

Depois disso, Dália fez-nos silenciar. Agora, disse, Almozalino cantará para nós um solo. Almozalino, um homem encorpado, largo e alto, com seus óculos presos por um cordão em torno do pescoço, pôs-se de pé e cantou em solo "Ria, ria dos sonhos". Era dotado de uma voz de baixo profunda e quente e, quando entoou o verso "ria, que eu acredito no homem", parecia se dirigir a nós com mágoa, nos falava do âmago de sua alma e expressava com essas palavras uma ideia nova e pungente, que nenhum de nós tivera antes.

Depois dos aplausos ergueram-se Edna e Ioel Rivak, os dentistas que se pareciam um com o outro como se fossem gêmeos, com o cabelo cortado curto, os lábios apertados e o ricto de ironia que os dois tinham gravado em torno dos lábios. Cantaram em dueto "Estenda suas asas, noite", e suas vozes se abraçavam como um par de dançarinos dançando colados. Depois dessa canção, cantaram "Recolhe-me sob tua asa". Pensei comigo mesmo que, se até Bialik, o poeta nacional, pergunta nesse poema o que é o amor, quem somos nós, que não somos poetas, para pretender ter a resposta? Edna e Ioel Rivak terminaram seu canto, curvaram-se juntos numa pequena reverência à direita e à esquerda, e de novo todos batemos palmas.

Houve uma pequena pausa porque Rachel Franco e Arie Tselnik chegaram atrasados, e enquanto tiravam os casacos contaram a todos os presentes que agora mesmo fora anunciado no noticiário *A voz de Israel* que aviões da Força Aérea haviam bombardeado alvos do inimigo e voltaram incólumes à base. Iochai

Blum depôs o acordeom a seus pés e disse, Até que enfim. Ao que respondeu com raiva Guili Steiner que ele não tinha por que se alegrar, que violência só gera mais violência e vingança atrai vingança. Iossi Sasson, o homem dos imóveis, alto e barbudo, retrucou zombeteiramente: Então o que você propõe, Guili? Ficar mudos diante deles? Oferecer a outra face? Almozalino interveio e ressoou em seu baixo profundo que um governo normal precisa agir em situações como essa com tranquilidade e meticulosa ponderação, ao passo que entre nós, como sempre, a precipitação e a superficialidade — mas então intrometeu-se Dália Levin, a anfitriã, e propôs que não se brigasse por causa de política, e que continuassem com o canto em grupo, pois para isso nos havíamos reunido essa noite.

Arie Tselnik, que nesse meio tempo tirara o casaco, não encontrou lugar vago e por isso sentou-se sobre o tapete, aos pés do casal Rivak. E Rachel Franco arrastou um banquinho que estava ao lado dos cabides no vestíbulo e sentou-se no corredor, além da porta aberta da sala, para não apinhá-la ainda mais, e também porque teria de sair dentro de uma hora para tomar conta de seu velho pai, que ficara sozinho em casa. Eu ainda queria fazer uma observação sobre a operação de bombardeio dos aviões israelenses, minha concepção quanto a isso era um tanto complexa, mas me atrasara, porque no momento o debate perdera força e Iochai Blum tirava alguns sons de seu acordeom, e Dália Levin propunha que continuássemos agora com canções de amor. Disse e começou a cantar, Era uma vez há muitos anos, duas rosas, duas rosas.

Todos se juntaram a ela.

No mesmo instante ocorreu-me de repente que eu precisava ir imediatamente ao quarto lateral onde depositara meu casaco na pilha de casacos, para tirar alguma coisa de um dos bolsos. Sentia que isso era urgente, que não poderia esperar, mas não conseguia atinar que coisa era aquela da qual eu precisava logo agora e que estava no bolso de meu casaco, e quem, assim parecia, de novo me chamara, embora a mulher magra sentada a meu lado estivesse toda imersa no canto, e Avraham, em seu banquinho ao lado da entrada da cozinha, de novo fechara os olhos e apoiava-se na parede relaxado, em silêncio, sem cantar.

Meus pensamentos me levaram aos arredores desertos da aldeia, agora fustigados pela chuva, aos ciprestes escuros a oscilar no vento, às luzes que se iam apagando nas pequenas casas e às extensões de campos molhados e de pomares em desfolha. Eu tinha a impressão de que naquele mesmo momento algo acontecia em um dos quintais escuros, e que aquilo que estava acontecendo me dizia respeito e eu precisava estar envolvido. Mas o que era, eu não sabia.

A roda de canto entoava agora, Se queres que eu te mostre a cidade em cinzento, e o acordeom de Iochai Blum se calara para dar lugar ao som das três flautas doces, dessa vez em total harmonia e sem qualquer desafinação. Depois cantamos, Aonde foi sua amada, a mais bela das mulheres. O que seria aquilo que eu queria verificar com urgência no bolso do casaco? Não conseguia encontrar uma resposta. E como não encontrava resposta contive o impulso de me levantar e ir até o outro quarto, e cantei com todos A romãzeira exalou seu perfume, e Minha amada, de alvo pescoço. Entre essas duas e a próxima canção, curvei-me e perguntei num sussurro a Dafne Katz, dos braços magros, que estava sentada ao meu lado, O que essas canções a fazem lembrar? E ela, parecendo surpresa com minha pergunta, respondeu, Nada em especial. Mas corrigiu-se e disse, Fazem-me lembrar todo tipo de coisas. De novo curvei-me para ela e pretendia dizer algo sobre lembranças, mas Guili Steiner lançou-nos um olhar de repreensão, que cochichos são esses, e desisti e voltei a cantar. Minha vizinha Dafne Katz tinha uma agradável voz de contralto. Dália Levin também tinha voz de contralto. Rachel Franco era soprano. E em frente irrompia o baixo grave e quente de Almozalino. Iochai Blum tocava o acordeom e em torno de sua música as três flautas doces se enroscavam como plantas trepadeiras. Era bom cantarmos juntos em roda, numa noite de chuva e tormenta, canções antigas dos dias em que tudo era claro para todos.

Avraham Levin levantou-se com cansaço de seu banquinho e acrescentou uma acha no forno aberto que aquecia a sala com uma chama contida e agradável. Depois voltou a sentar no banquinho e cerrou os olhos, como se exatamente ele tivesse sido encarregado de isolar e localizar um tom desafinado entre todas as vozes que cantavam. Lá fora talvez continuassem os trovões, ou os aviões da Força Aérea estivessem passando sobre nós em voo baixo, na volta do bombardeio aos alvos inimigos, mas devido ao canto e ao som dos instrumentos seu ruído quase não se ouvia na sala.

5.

Às dez horas Dália Levin anunciou o intervalo para o bufê, e toda a roda se levantou e dirigiu-se à copa, que ficava entre a sala e a cozinha. Guili Steiner e Rachel Franco ajudaram Dália a tirar os quiches do forno e as panelas de sopa do fogão, e muita gente se aglomerou junto à mesa munindo-se de xícaras e de pratos de papelão, enquanto retomavam as conversas e as discussões. Alguém dizia que os funcionários das prefeituras tinham razão de estar em greve, outro lhe respondia que no fim, devido a tantas greves justificadas, o governo iria de novo imprimir dinheiro, e todos nós logo voltaríamos aos alegres dias de inflação. Ao que declarou Iochai Blum, o acordeonista, que não tinha sentido culpar apenas o governo quando o cidadão comum também não fazia sua parte, e eu me incluo nisso também.

Almozalino segurava na mão uma tigela de sopa fumegante e comia de pé. As lentes de seus óculos que pendiam de um cordão estavam embaçadas pelo vapor da sopa. Ele declarou que os jornais e a televisão sempre faziam o quadro geral parecer mais feio do que realmente era. O quadro geral lhe parecia muito menos sombrio do que aquele que se desenhava na mídia. Seria possível pensar, disse Almozalino com amargura, que todos aqui somos ladrões e todos somos corruptos.

Como Almozalino falava em sua voz grave e retumbante de baixo, essas suas palavras soaram cheias de autoridade. Korman, o rechonchudo, equilibrava em sua palma esquerda o fornido prato guarnecido de quiche de batata, batatas assadas, croquete e legumes cozidos, e tinha dificuldade em manejar com a mão direita o garfo e a faca. Nesse momento Guili Steiner estendeu-lhe um cálice cheio de vinho tinto. Não tenho mãos suficientes, brincou Korman, e Guili se ergueu na ponta dos pés, levou a taça aos lábios dele e deu-lhe de beber o vinho. Acontece que você, Iossi Sasson disse a Almozalino, culpa a mídia por tudo. Você não está tornando a sua vida fácil demais?

Eu disse, É preciso ver as coisas em perspectiva, mas Korman, que tem um ombro mais alto que o outro, cortou minhas palavras e infamou em palavras candentes um dos ministros do governo. Num estado evoluído, falou Korman, um tipo assim já teria voado há muito tempo. Almozalino disse, Um momento, um momento, primeiro você não poderia nos dizer o que entende por um estado evoluído? Guili Steiner disse, Até parece que nossos problemas começam e terminam numa só pessoa. Oxalá fosse tudo problema de uma só pessoa. Você, Eli, não experimentou o quiche de verduras. Por que não? E Iossi Sasson, o homem dos imóveis, respondeu-lhe num sorriso, Vamos matar primeiro o que já está no prato, de grão em grão, depois veremos adiante. Dafne Katz disse, Vocês estão todos enganados. Mas a continuação de suas palavras perdeu-se no vozerio, pois todos falavam ao mesmo tempo e alguns até levantavam a voz. Dentro de cada um, pensei, está sempre embutida a criança pequena que um dia fomos. Em alguns pode-se ver que a criança ainda vive, e outros carregam a culpa de uma criança morta.

Afastei-me um pouco do grupo que discutia e fui, prato na mão, conversar com Avraham Levin. Ele estava junto à janela, afastara um pouco a cortina e olhava lá fora a chuva e a tempestade. Toquei com cuidado em seu ombro, ele se virou para mim sem nada dizer. Tentou sorrir, mas em vez de um sorriso só lhe veio um tremor aos lábios. Eu falei, Avraham. E disse também, Por que você está aqui sozinho? Ele pensou um pouco e respondeu com tristeza que para ele era um pouco difícil estar com tantas pessoas que falavam todas ao mesmo tempo, é difícil ouvir e difícil acompanhar. Lá fora é realmente inverno, eu disse. E Avraham respondeu, Sim. Contei que eu fora essa noite sem uma companheira porque duas garotas queriam ir comigo a este sarau de canto e eu não quisera escolher entre elas. Avraham respondeu, Sim. Ouça, eu disse, Iossi Sasson contou-me confidencialmente que acharam um tumor na mulher dele. Um tumor nada simpático. Foi assim que ele me disse. Avraham meneou a cabeça três ou quatro vezes, de cima para baixo, como a concordar consigo mesmo ou como se tivesse recebido de mim a confirmação de um palpite que já alimentava antes. E disse, Se for necessário, vamos ajudar.

Abrimos caminho entre os visitantes que comiam de pé em pratos descartáveis, atravessamos o zum-zum das vozes que conversavam e discutiam, e saímos para a varanda. O ar estava frio e penetrante, e caía uma chuva fina. Ao longe, sobre as colinas a leste, ziguezagueavam relâmpagos mortiços, desacompanhados de trovões. Um silêncio amplo e profundo pairava sobre o jardim, sobre as árvores frutíferas e sobre os ciprestes escuros, sobre o gramado e sobre as amplidões dos campos e pomares que respiravam no escuro além da cerca do jardim. A nossos pés brotavam as luzes pálidas das lâmpadas dentro d'água, no fundo do tanque decorativo feito de pedra. Um chacal solitário ergueu sua voz lamentosa do fundo da escuridão. E alguns cães responderam-lhe, furiosos, dentre os quintais da aldeia.

Veja, disse Avraham.

Fiquei calado. Esperei que continuasse e me dissesse o que eu devia ver, a que se referia. Mas Avraham guardou silêncio. Ao fim de sua mudez eu disse: Você se lembra, Avraham, quando estivemos os dois no exército, em 1959, do ataque a Dir-a-Nasaf? Quando fui ferido com uma bala no ombro e você me tirou de lá? Avraham pensou um pouco e depois disse, Sim. Lembro.

Perguntei-lhe se ele pensava às vezes sobre aqueles tempos, e Avraham pôs as mãos sobre o frio e molhado corrimão de ferro da varanda e disse, o rosto voltado para a escuridão e as costas para mim, Olhe, é o seguinte, há muito tempo não penso sobre coisa nenhuma. Nada. Só sobre o menino. Talvez eu ainda pudesse salvá-lo, mas eu estava trancado em meus pensamentos, e nisso Dália me seguiu de olhos fechados. Venha, vamos entrar. O intervalo acabou e já começam de novo a cantoria.

6.

No início da segunda parte da noite cantamos canções do Palmach e da guerra de independência. "Nas estepes do Negev", "Dudu", "Canção da amizade", depois passamos a cantar canções de Noomi Shemer. Esperem mais uma hora e meia, anunciou Dália, à meia-noite em ponto faremos novo intervalo e nos serviremos de queijos e vinhos. Eu fiquei sentado em meu lugar, entre a estante e o aquário, e Dafne Katz sentou-se de novo a meu lado. Ela segurava o cancioneiro com as duas mãos e os dez dedos, como a temer que alguém quisesse arrancá-lo dela. Curvei-me e perguntei-lhe num sussurro onde ela morava e se teria condução quando o sarau terminasse, e que, se por acaso ela não tivesse, eu teria satisfação em levá-la. Dafne cochichou-me que Guili Steiner a havia trazido e também a levaria para casa, muito obrigada. Você veio pela primeira vez? perguntei, e Dafne respondeu sussurrando que para ela era a primeira vez, mas que a partir de agora pretendia frequentar assiduamente todas as reuniões de canto, uma a cada seis semanas. Dália Levin, com um dedo nos lábios nos fez sinal para que parássemos de cochichar. Tirei então com delicadeza o cancioneiro dos magros dedos de Dafne e virei para ela a página. Trocamos entre nós um rápido sorriso e voltamos a cantar com todos "Noite, noite, o vento passa". Tive de novo a sensação de que eu precisava pegar alguma coisa do bolso de meu casaco, que estava na pilha de casacos no outro quarto, mas que coisa era não consegui atinar de jeito nenhum. Por um lado isso me alarmava, como se eu arcasse com uma responsabilidade urgente e a estivesse negligenciando, e por outro lado eu sabia que era um alarme falso.

Dália Levin sinalizou algo para Iochai Blum, o acordeonista, e parece que também para as três mulheres que o acompanhavam na flauta doce, mas eles aparentemente não entenderam o que ela queria. Ela se levantou, foi até eles, curvou-se e deu-lhes alguma instrução, depois atravessou a sala até o lado mais afastado da roda e cochichou algo no ouvido de Almozalino, que sacudiu os ombros, negando, mas ela insistiu com ele até que concordou. Ela então ergueu a voz, Um momento de silêncio, por favor, fez-nos calar a todos e anunciou que agora se cantaria em cânon "Tudo sobre a face da Terra é efêmero" e "Elevarei meus olhos para o alto, perguntarei às estrelas por que sua luz não me ilumina". Ela pediu a Avraham, seu marido, que diminuísse um pouco a luz na sala.

O que será que preciso verificar no bolso do casaco? A carteira com os documentos, constatei apalpando, está aqui comigo no bolso da calça. Os óculos de dirigir estão em seu lugar no estojo, no bolso da camisa. Tudo está aqui. Assim mesmo levantei-me quando acabou o cânon, pedi baixinho licença à minha vizinha Dafne Katz, atravessei a roda e saí para o corredor; minhas pernas me levaram pelo corredor até o vestíbulo e à porta de entrada, e por algum motivo a abri um pouco, mas nada havia lá fora, a não ser a chuva fina. Voltei para dentro pelo corredor e passei pela porta da sala e pela entrada da copa. O grupo cantava agora das canções tristes de Natan Ionatan, "Praias são às vezes saudades", "Novamente sai a canção para a estrada, novamente vão nossos dias e choram".

No final do corredor dirigi-me a um pequeno corredor lateral e para o quarto onde pusera o casaco numa pilha de casacos. Cavei na pilha durante algum tempo, pinçando casacos estranhos e tirando-os de meu caminho para a direita e para a esquerda até que encontrei o meu e o examinei bem devagar, meticulosamente, bolso por bolso. Em um dos bolsos eu tinha um cachecol de lã dobrado, e em outro papéis, um saquinho de balas e uma lanterna pequena. Como eu não sabia o que estava procurando, continuei a esgaravatar também nos bolsos internos, nos quais havia mais papéis e um estojo com óculos de sol. Os óculos de sol certamente não me eram necessários agora, em plena noite de inverno. Então o que estou procurando? Não encontrei resposta a não ser uma raiva irritante de mim mesmo e da pilha de casacos que desmoronara sob minhas mãos. Consertei então a pilha o melhor que pude, mantive comigo a lanterna e virei-me para sair do quarto. Pretendia voltar a meu lugar entre a estante e o aquário, ao lado de Dafne Katz, a mulher ossuda de braços magros, mas algo me deteve. Talvez o temor de que minha entrada na sala no meio do canto atraísse sobre mim uma atenção que eu não queria, e talvez aquele obscuro sentimento de obrigação, uma pequena obrigação que eu ainda tinha pendente. Mas qual era a obrigação, eu não sabia. A lanterna, eu a tinha na mão.

Lá dentro agora cantavam com tristeza "Quem me dará uma ave, um pequeno pássaro, num vaguear infinito minha alma se tortura", e o acordeom de Iochai Blum silenciara em benefício das três flautas doces. Uma delas de novo desafinou, mas logo se recompôs. Como eu não sabia qual era meu lugar fui em direção à toalete, embora não precisasse, mas estava ocupada e a porta trancada; então subi os degraus para o segundo piso, com certeza lá também haveria um banheiro. Do alto da escada o canto se ouvia mais abafado, como que mais hibernal, e apesar de o acordeom de Iochai Blum ter recomeçado a tocar parecia-me que algo o oprimia e abafava-lhe o som. Agora cantavam todos menos eu o poema de Rachel "Por que iludistes, luzes distantes", e eu lá fiquei num dos degraus de cima, como que paralisado em meu lugar.

7.

Fiquei lá uns dois ou três minutos, a lanterna na mão, sem saber responder a mim mesmo por que minhas pernas haviam me levado lá. No final do corredor do segundo piso havia uma lâmpada acesa. Parecia que essa lâmpada fraca não iluminava, só acentuava as sombras. Aqui e ali ao longo da parede do corredor estavam pendurados alguns desenhos, mas na luz mortiça pareciam manchas cinzentas pouco nítidas. Algumas portas davam para esse corredor, e todas estavam fechadas. Passei por elas duas vezes, indo e vindo, como se hesitasse em qual delas. Mas à pergunta "em qual delas o quê? não soube responder, porque não sabia o que estava procurando e já esquecera completamente por que subira até ali. De fora ouviam-se as vozes do vento. A chuva, que ficara mais forte, tamborilava nas janelas da casa. Talvez tivesse começado a cair granizo. Por alguns minutos permaneci no corredor do segundo piso, avaliando com o olhar as portas fechadas como se fosse um assaltante querendo descobrir onde estava escondido o cofre.

Depois abri com cuidado a terceira porta à direita e fui recebido por um frio opressivo e pela escuridão. O ar tinha um cheiro de espaço fechado havia muitos dias. Iluminei o interior com a lanterna e vi sombras de móveis a se revirarem e misturarem umas com as outras ao tremor da mão que segurava a lanterna. As persianas estavam cerradas, e o vento e o granizo as arranhavam. Na pálida luz oscilava a minha frente um grande espelho na porta do guarda-roupa. De dentro do espelho me era devolvido meu feixe de luz, como se quisessem cegar-me. O quarto não arejado exalava um cheiro denso. Cheiro de poeira antiga e de roupa de cama que não fora trocada. Dava para perceber que havia muito tempo não se abriam ali janela ou porta. Com certeza havia teias de aranha nos cantos do teto, mas eu não podia vê-las. Entre as sombras dos móveis discerniam-se uma cômoda não muito grande, uma cadeira e mais uma cadeira. Ainda de pé na entrada, minha mão estendeu-se para fechar a porta e trancá--la por dentro. Minhas pernas me arrastaram para dentro, para o interior do quarto. Agora quase não se ouviam as vozes que cantavam embaixo, reduzidas a um murmúrio abafado, que se misturava com o gemido do vento e as unhas do granizo na janela do quarto de dormir. Lá fora certamente a neblina pairava no jardim e esmaecia o contorno dos ciprestes. Não havia alma viva na travessa de Maalé Beit Hashoevá. Só os peixes nadavam lentamente, indiferentes ao granizo e ao vento, na água do tanque decorativo iluminado do fundo por um projetor difuso. E a cascata artificial jorrava de entre as pedras e caía sem parar encrespando as águas do tanque.

Sob a janela havia uma cama larga, e duas pequenas estantes a ladeavam, à direita e à esquerda. Um tapete cobria o chão, e eu tirei os sapatos e as meias e pus-me sobre ele descalço. Era um tapete grosso e felpudo. Seu contato era macio e estranho em minhas solas descalças. Dirigi o feixe de luz da lanterna para a cama e vi que estava coberta com uma colcha sobre a qual se espalhavam o que pareciam ser algumas almofadas. Por um momento pareceu-me que lá longe, no andar abaixo de mim, cantavam agora "Ouves minha voz distante de mim", mas não tinha certeza do que minhas orelhas ouviam, e nem do pouco que viam meus olhos à luz trêmula da lanterna. Pois no quarto acontecia sem parar uma movimentação lenta, como se alguém grande, pesado e sonolento estivesse se movendo num dos cantos, ou passando de gatinhas e rolando todo encurvado, entre a cômoda e a janela fechada. Aparentemente era só o tremor da lanterna que causava essa ilusão, mas eu sentia que também atrás de mim, onde reinava a escuridão absoluta, havia um lento rastejar. De onde para onde, não sabia.

Que faço aqui? Para isso tampouco tinha qualquer resposta, e assim mesmo sabia que eu queria desde o início da noite, talvez muito antes disso, chegar a este quarto de dormir abandonado. Ouvi de repente o som da minha respiração e lamentei que minha respiração ferisse o silêncio. Pois um silêncio úmido enchia o ar, já que a chuva cessara e o vento abrandara, e os que cantavam no andar térreo haviam de repente parado de cantar. Talvez tivesse finalmente chegado a hora dos queijos e vinhos. Eu não queria nem queijos nem vinho. Não me restara qualquer motivo para dar as costas ao desespero. Por isso curvei-me e, descalço, pus-me de quatro sobre o tapete junto à cama de casal e enrolei um pouco a colcha que a cobria e lancei um pálido raio de luz, tentando tatear um pouco a escuridão do espaço entre as pernas da cama.

Arad, 2007

Longe dali, em outro tempo

Durante toda a noite vapores pestilentos elevam-se do pântano verde. Um cheiro adocicado de podridão se espalha entre nossas cabanas. Tudo que é de ferro oxida da noite para o dia, ervas peçonhentas derrubam as cercas, o bolor devora as paredes, a umidade faz a palha e o feno enegrecerem como carvão, mosquitos enxameiam por toda parte, nossos quartos estão cheios de insetos voadores e rastejantes. A própria poeira borbulha, pustulenta. Carunchos, traças e pulgões roem móveis, parapeitos de madeira e até telhas podres. O verão inteiro, nossas crianças padecem de furúnculos, eczemas e gangrenas. Os velhos morrem com as vias respiratórias decompostas. O odor fétido da morte exala também dos vivos. Muitos aqui são desfigurados, apalermados, têm bócio, membros deformados, feições contorcidas, a baba escorre da boca, porque aqui todos procriam com todos: irmão com irmã, filho com mãe, pais com filhas.

Eu, que para cá fui enviado há vinte ou vinte e cinco anos pelo Departamento de Incentivo a Regiões Atrasadas, continuo a sair todos os dias, ao cair do crepúsculo, para borrifar as águas do pântano com desinfetante e para distribuir aos desconfiados habitantes quinino, ácido carbólico, pó de sulfa, unguentos para a pele e remédios contra parasitas. Faço-lhes preleções sobre abstinência e higiene, sobre água sanitária e DDT. Vou aguentando, até que finalmente chegue um substituto, talvez alguém mais jovem e de caráter mais forte do que o meu.

Enquanto isso, sou o farmacêutico, o professor, o tabelião, o árbitro, o sanitarista, o arquivista, o litigante, o apaziguador de querelas. Eles ainda tiram para mim seus chapéus amarfanhados, apertam-nos contra o peito, fazem uma reverência e me chamam de senhor. Eles ainda me bajulam, com seus sorrisos dissimulados e desdentados. Entretanto, mais agora do que antes, sou compelido a adulá-los, a fingir que nada vejo, a me amoldar a suas superstições, a ignorar suas gargalhadas insolentes, a suportar o fedor de seus corpos e o bafo de suas bocas, a aturar as invasões de propriedade que se espalham por toda a aldeia. Admito que já não me resta quase poder algum. Minha autoridade vai se esvanecendo. Restam apenas resquícios esfarrapados de influência, que procuro exercitar por meio de subterfúgios, adulação, mentiras necessárias, vagas advertências e pequenos subornos. O que me resta é aguentar por algum tempo, um pouco mais, até a chegada do substituto. Partirei então para sempre. Ou o contrário: pegarei uma cabana vazia, uma camponesa rechonchuda, e ficarei de vez.

Certa vez, antes da minha vinda, há um quarto de século ou mais, o governador fez uma visita, acompanhado de uma grande comitiva. Ficou uma ou duas horas, e mandou que o curso do rio fosse desviado imediatamente para drenar o pântano maligno. Com ele vieram dignitários e funcionários, topógrafos, clérigos, um jurista, um cantor, um historiador oficial, um ou dois intelectuais, um astrólogo e representantes de dezesseis serviços secretos. O governador fez registrar por escrito suas determinações: cavar. Desviar. Drenar. Erradicar. Desinfetar. Canalizar. Remover. Priorizar. Abrir uma nova página.

Nada aconteceu desde então.

Há quem diga que lá, do outro lado do rio, além das florestas e das montanhas, o governo mudou de mãos várias vezes. Um foi deposto, outro foi derrotado, um terceiro deu um passo em falso, um quarto foi assassinado, um quinto aprisionado, um sexto deu uma guinada, um sétimo fugiu, ou caiu no sono. Aqui, tudo é como sempre foi: os velhos e os bebês continuam a morrer, os jovens a envelhecer prematuramente. A população da aldeia, segundo meus cálculos conservadores, diminui cada vez mais. Pela tabela que preparei e pendurei sobre minha cama, até a metade do século não restará aqui uma alma viva. Exceto os insetos e répteis.

É verdade que aqui nascem crianças aos montes, mas a maioria morre ainda na infância, e quase não são lamentadas. Os jovens fogem para o norte. As moças cultivam beterrabas e batatas na lama espessa, engravidam aos dezesseis anos, e aos vinte murcham diante dos meus olhos. Às vezes, a paixão toma de assalto a aldeia, arrastando-a a uma noite de libertinagem à luz de fogueiras feitas com madeira úmida. Todos perdem a compostura, velhos com crianças, moças com aleijados, homens com animais. Não posso dar detalhes, pois nessas noites me tranco na minha cabana, que é também a farmácia, fecho as rebentadas venezianas de madeira, passo o ferrolho na porta e, por via das dúvidas, ponho uma pistola sob o travesseiro.

Mas noites como essas não são frequentes. No dia seguinte, eles acordam ao meio-dia, atordoados, os olhos vermelhos, e de novo, submissos, vão labutar do alvorecer ao anoitecer em suas glebas lamacentas. Os dias são de calor ardente. Pulgas exasperantes, do tamanho de uma moeda, nos atacam e, quando nos mordem, emitem uma espécie de silvo agudo e insuportável. O trabalho nos campos parece ser extenuante. As beterrabas e as batatas vão sendo tiradas da lama pastosa, quase todas apodrecidas, e mesmo assim são comidas cruas, ou cozidas numa papa pestilenta e infecta. Dois dos filhos do coveiro fugiram para as montanhas e entraram para uma gangue de contrabandistas. Suas mulheres foram morar, elas e os filhos, na cabana do caçula, que ainda é uma criança, não tendo completado catorze anos.

Quanto ao próprio coveiro, um homem de poucas palavras, corcunda e ossudo, ele decidiu não aceitar aquilo calado. Mas seguiram-se semanas e meses de total silêncio, e anos se passaram igual. Um dia, o coveiro açodou-se e se mudou, ele também, para a cabana do filho caçula. Mais e mais bebês foram nascendo, e ninguém sabe quais são os filhos dos irmãos fugitivos, que às vezes pernoitam uma ou duas noites na aldeia, e quais são do filho caçula, e quais do coveiro, e quais de seu velho pai. Seja como for, a maioria desses bebês morreu algumas semanas depois de nascer. À noite, outros homens lá entravam e saíam, assim como algumas moças, crescidas e desmioladas, em busca de um teto ou de um macho, de um abrigo, de um bebê ou de comida. O atual governador não respondeu a três memorandos urgentes, cada um mais alarmante que o outro, que lhe foram enviados a curtos intervalos para alertar quanto à degeneração dos padrões morais e para solicitar sua urgente intervenção. Fui eu o redator e o frustrado remetente desses memorandos.

Os anos transcorrem em silêncio. Meu substituto não chegou. Para o lugar do guarda veio seu cunhado, e há rumores de que o guarda demitido juntou-se aos contrabandistas das colinas. Ainda estou em meu posto, mas cada vez mais exausto. Eles já não me chamam de senhor nem se dão o trabalho de tirar seus bonés esfarrapados para me cumprimentar. Os desinfetantes já acabaram. As mulheres, sem me fazer qualquer pagamento, retiram pouco a pouco o resto de estoque da farmácia. Parece que minha mente e minha vontade se deterioram gradativamente. Ou talvez sejam apenas meus olhos a escurecer, a ponto de até mesmo a luz do meio-dia lhes parecer sombria, e a fila de mulheres à porta da farmácia se assemelhar a uma fileira de sacos abarrotados. Com o passar do tempo, quase me acostumei a seus dentes podres e à onda de fedor que emana de seus hálitos. Assim vou levando, da manhã à noite, dia após dia, do verão ao inverno. Há muito deixei de sentir as picadas dos insetos. Meu sono é profundo e tranquilo. O musgo cresce em meus lençóis, e manchas de fungo florescem em todas as paredes. De vez em quando, uma ou outra aldeã se apieda de mim e me alimenta com um líquido viscoso, provavelmente feito de cascas de batata. Todos os meus livros estão mofados, as encadernações se esfarelam e desmancham. Nada me restou, e eu não saberia distinguir um dia do outro, ou a primavera do outono, ou um ano de outro qualquer. Às vezes, à noite, tenho a impressão de ouvir o lamento distante de algum instrumento de sopro antigo, e não tenho a menor noção de qual seja ou de quem o está tocando, e se o estão tocando na floresta, ou talvez nas colinas, ou talvez dentro de meu crânio, debaixo de meus cabelos cada vez mais grisalhos e ralos. Vou assim, lentamente, voltando as costas a tudo que me circunda e a mim mesmo também.

Exceto por um acontecimento que testemunhei esta manhã, e que aqui devo relatar por escrito, sem expressar qualquer opinião:

Esta manhã o sol subiu e transformou os vapores do pântano numa espécie de chuva viscosa e gelatinosa. Uma chuva quente de verão, com cheiro de suor velho e azedo. Os aldeões começaram a sair das cabanas para descer até os canteiros de batata. Então, no cume da colina mais a leste, entre nós e o sol que se elevava no céu, apareceu um estranho, forte e bonito. Ele começou a agitar os braços, a desenhar no ar úmido todo tipo de círculos e curvas, a dar chutes e a fazer reverências, a pular no mesmo lugar, sem dizer palavra. Quem é ele?, os homens se perguntavam, e o que será que ele quer aqui? Ele não é daqui, nem da outra aldeia, nem das colinas, diziam os velhos uns aos outros. Talvez tenha vindo da nuvem.

E as mulheres diziam, É preciso ter cuidado com ele, é preciso pegá-lo em flagrante, é preciso matá-lo. Enquanto deliberavam e discutiam, o ar amarelado encheu-se com o rumor de diversos sons, pássaros que gritavam, cães, fala humana, berros, broncas, o zumbido de insetos do tamanho de canecas de cerveja. Os sapos do pântano também se deram conta e começaram a coaxar, as galinhas lhes fizeram coro, arreios tilintavam e tosses e gemidos e xingamentos. Vozes diversas.

Aquele homem, começou a dizer o filho caçula do coveiro, mas de repente mudou de ideia e calou-se. Aquele homem, disse o estalajadeiro, está tentando seduzir as moças. E as moças gritavam, vejam, ele está nu, vejam como é grande, vejam, ele está dançando, ele quer voar, vejam, parecem asas, vejam como ele é branco.

O velho coveiro disse, Qual a razão para tanto falatório? O sol já vai alto no céu, o homem branco que estava lá, ou que pensávamos estar lá, desapareceu do outro lado do pântano, ficar falando não adianta nada, um novo dia está começando, está muito quente e precisamos ir trabalhar. Quem pode trabalhar que trabalhe e sofra em silêncio. E quem não pode que vá em frente e morra. Isso é tudo.

1ª EDIÇÃO [2009] 2 reimpressões

ESTA OBRA FOI COMPOSTA PELO GRUPO DE CRIAÇÃO EM ELECTRA E
IMPRESSA PELA GRÁFICA BARTIRA EM OFSETE SOBRE PAPEL PÓLEN BOLD
DA SUZANO PAPEL E CELULOSE PARA A EDITORA SCHWARCZ
EM MAIO DE 2017

A marca FSC® é a garantia de que a madeira utilizada na fabricação do papel deste livro provém de florestas que foram gerenciadas de maneira ambientalmente correta, socialmente justa e economicamente viável, além de outras fontes de origem controlada.